大作家童话

HANS CHRISTIAN
ANDERSEN

What The Moon Saw

月 亮 看 见 了

[丹麦] 汉斯·克里斯汀·安徒生————著

陕西师范大学出版总社

孙张静————译

图书代号：WX18N1637

图书在版编目（CIP）数据

月亮看见了 /（丹）汉斯·克里斯汀·安徒生著；
孙张静译．—西安：陕西师范大学出版总社有限公司，2019.1
ISBN 978-7-5695-0369-2

Ⅰ．①月… Ⅱ．①汉… ②孙… Ⅲ．①散文集—丹麦—
近代 Ⅳ．① I534.6

中国版本图书馆 CIP 数据核字（2018）第 246888 号

月亮看见了
YUELIANG KANJIAN LE

［丹麦］汉斯·克里斯汀·安徒生 著　孙张静 译

责任编辑	焦　凌
特约编辑	陈巧文
责任校对	宋媛媛
装帧设计	COMPUS·汐和
出版发行	陕西师范大学出版总社
	（西安市长安南路 199 号　邮编710062）
网　址	http://www.snupg.com
印　刷	山东临沂新华印刷物流集团有限责任公司
开　本	787mm×1092mm　1/32
印　张	5.75
插　页	4
字　数	120 千
版　次	2019 年 1 月第 1 版
印　次	2019 年 1 月第 1 次印刷
书　号	ISBN 978-7-5695-0369-2
定　价	39.80 元

读者购书、书店添货或发现印装有问题，请与营销部联系、调换。
电　话：(029) 85307864　85303629　　传　真：(029) 85303879

目 录 | Contents

月 亮 看 见 了

我有个奇怪之处，一到思想深邃、内心热切之时，我的手和嘴就仿佛受到了束缚，无法准确描绘或刻画涌上心头的阵阵思绪。好在我是个画师，能用画笔传达出相同的感受——见识过我速写和想象力的朋友们都认同这点。

我是个年轻人，囊中羞涩，身居陋巷。我的房间在楼顶，比四周的房子都高，因此视野开阔，光线充足，这让我没有过多奢求。初到此地的日子，我形单影只，情绪低落。往日面前满眼的青山翠林，如今可看的却只有满城如林的烟囱顶。而且，没有一个朋友，没有一张熟悉的面孔来迎接我。

所以，一天晚上，我坐在窗边，意志消沉。过了片刻，我打开窗户，向外望去。天哪，我简直欣喜若狂！我终于看到了一张熟悉的面孔——一张圆圆的、友善的、老朋友的脸，我自小便认识它。对，它就是月亮，它也正瞧着我呢。可爱的老月亮，它并没多大变化，那张脸一如往昔。它曾透过荒野间的柳林窥视过我，我也曾多次对它送上飞吻，因为它将月光照进我的小屋，并允诺每晚出来的时候都来瞧瞧我。它信守了自己的诺言，不过遗憾的是，每次它都只能稍作停留。只要它出现在我面前，便总会给我讲前一晚或当晚看到的事情。"把我对你讲述的场景画出来吧，"它对我说，"你会绘出一本精美的画册。"我听从了它的劝告，许许多多个晚上都画着它所讲的故事。我能画出我自己的新《一千零一夜》，不过"一千零一"这个数字或许太大了，要画这么多画不太现实。我要给你们看的图画不是任意挑选的，而是按照一定的顺序，即月亮讲述的顺序来展示的。天赋过人的画家、诗人或音乐家们如果乐意，也许也能从中得到灵感，创作出更多的作品。我在此奉上的只是一些草草而就的速写，这些匆忙画出的纸片中也夹杂着我自己的思想。月亮并不是每晚都能出现在我面前，有时一片乌云就能遮住它的脸。

第一夜

"昨晚，"我转述的是月亮说的话，"昨晚，我在印度上空穿行，空中万里无云。我的面孔倒映在恒河的柔波中，我的光芒努力穿透枝蔓横生的香蕉林，这些浓密的树枝在我下面缠绕盘桓，状如龟壳。密林中走出一位印度女子，如羚羊般轻巧，如夏娃般迷人。我眼前的这位美如轻盈仙子的印度女子，被四周的暗影衬托出动人的身姿。我能读出她秀眉间的思绪，正是这些思绪将她带到此处。脚下的荆棘划破了她的鞋子，却没能阻挡她匆匆的脚步。女子手里举着一盏灯，灯火闪烁，来到河边饮水解渴的小鹿受到惊吓，慌忙跳到一旁。她张开手掌挡在灯前，不让河风吹熄灯火。借着火光，我能看清她纤细粉嫩的指尖。她来到小河旁，将灯置于水上，让它顺流而下。火苗摇曳不定，仿佛快要熄灭，不过还好，灯火还在一直燃烧。女子光滑如丝的长睫毛下，一双黑色的大眼睛忽闪忽闪的，流露出热切的目光。她知道，要是这盏灯在自己的视线范围内能一直燃烧，她的未婚夫就还活着；要是这盏灯突然熄灭，就意味着他已经死去。灯火一直顽强地燃烧着，她跪下来祈祷。身旁草丛里卧着一条带斑点的蛇，可是她并不在意——她一心只顾念着梵天[1]和自己的未婚夫。'他还活着！'她欣慰地喊道，'他还活着！'群山深处传来她的回音：'他还活着！'"

第二夜

"昨晚，"月亮对我说，"我俯瞰着被众多房屋包围的一处庭院。院子里有一只咯咯叫的母鸡，还有十一只小鸡。一个

1　梵天：印度教信仰的创造之神。

4

漂亮的小女孩正追赶着鸡群，母鸡被吓得大叫，伸出翅膀护着小鸡们。小女孩的父亲走出来，责备了她一番。我在空中走远了，没有再想此事。

"不过，今天晚上，就在几分钟前，我又看到了那个庭院。四下安安静静的，不一会儿，小女孩又出来了，她轻手轻脚走到鸡舍旁，拔掉鸡舍的门闩，钻了进去。母鸡和小鸡们大声惊叫着，扑腾着翅膀从栖息的木杆上飞下来，慌乱地四处逃窜，小女孩跟在它们后面追。我透过鸡舍墙上的一个小洞往里看，看得十分真切。我很不喜欢这个骄纵的女孩，所以，当她父亲出来，粗暴地拽着她的胳膊，比昨晚更严厉地责骂她时，我感到很开心。小女孩低着头，湛蓝的双眼里噙着泪水。'你在干什么？'父亲责问她。她啜泣着回答：'我想亲亲母鸡，请它原谅我昨天把它吓着了，可我不敢告诉你。'父亲吻了吻这个天真女孩的额头，我也吻了吻她的嘴唇和眼睛。"

第三夜

"拐角那边有条小街，那条小街太窄了，我的月光只能在房屋的墙上停留短短一分钟。可就在这一分钟里，我见到的场景却足以让我认清这世界。在小街上，我看见了一个女人。十六年前，她还是一个孩子，在乡间老牧师的花园里玩耍。园中的玫瑰丛搭成的树篱已经残破，花儿们也已凋零。玫瑰丛蔓延到了小路上，参差不齐的枝丫和苹果树的树枝纠缠在一起。偶尔可见一朵朵仍在开放的玫瑰——虽然它们仍然散发着芬芳，花容依旧，却早已失去了昔日花中王后的风姿。对我而言，牧师的小女儿就是一朵娇嫩的玫瑰，她坐在零乱的玫瑰丛下的小凳子上，搂着玩具娃娃摩挲着，虽然纸板做的娃娃脸已经有几分破损。

"十年后，我再次见到了她，在一间金碧辉煌的宴会厅里，她成了一个富商的漂亮新娘。我为她得到了快乐而祝福她，常常在静夜去看望她——没有人留意到我明亮的眼眸和默默的注视。唉！我的玫瑰也在慢慢凋零，如同当年牧师花园里的玫瑰一般。平凡生活中总会有悲剧发生，今天，我就目睹了她的最后一幕。在那条小街上，她躺在床上，病得奄奄一息。冷酷无情的房东走进来，扯掉了她身上薄薄的床单——那是她御寒的唯一物品。'快起来！'房东说，'你的脸色都能吓死人了。快起来，穿上衣服，去找点钱来，要不我就把你赶到大街上去。快点，起来！'她回答道：'唉，死神正在吞噬我，请让我安息吧。'可是，房东却逼着她起床梳洗，并拿了一个玫瑰花环戴在她头上。然后，他让她坐在窗前的一把椅子上，在她身旁放上一支点燃的蜡烛，便走开了。

"我注视着她，她一动不动地坐着，双手放在腿上。风从敞开的窗户吹进来，又猛地关上了它，一扇窗玻璃被碰落，摔成了碎片，可她依然没有反应。蜡烛点着了窗帘，火舌在她身旁游走。我这才明白，她已经死了。这个死去的女人坐在敞开的窗户旁，仿佛是在做最后的告解——牧师花园里那朵可怜的玫瑰花凋零了。"

第四夜

"今晚，我看了一出德国戏剧，"月亮说，"这出戏在一个小镇上演。戏院由一个马厩改建而成，马厩依旧保持着从前的格局，只是被改成了私人包厢，所有的木架都用彩纸装饰了一番。天花板上吊着一盏小巧的铁质枝形吊灯，和别的大戏院一样，这盏吊灯可以缩进天花板里。一个倒扣的桶被放置在吊灯上方，只要提词员手里的铃铛叮叮当当响起，小巧的铁质吊灯就忽地升上去半码[1]，消失在桶里面，这是戏剧即将开场的信号。一位年轻贵族和他夫人碰巧途经小镇，便来观看这出戏，因此，戏院里更显拥挤。不过，吊灯下面的位置却是空的，没有一个人坐在此处，看上去就像一个火山口似的，因为吊灯的蜡烛油正顺着铁杆滴落，一滴接着一滴。戏院里闷热得很，因此所有通风口都打开了，我便能把一切都看得清清楚楚。男女仆人们都站在外面，透过缝隙往里窥探，里面站着的警察用手中的警棍吓唬他们，但他们并不畏惧。年轻的贵族夫妇坐在靠

---

1 码：英美制长度单位，通常换算方式为 1 码 =0.9144 米。

近乐队的两张古老的扶手椅上。平日里，这两张椅子是镇长和他太太的专座，可今晚镇长夫妇只能屈尊，如普通市民一般，坐在木头凳子上了。太太悄悄说道：'我现在可明白了，人外有人，天外有天。'这个细节给这出戏增添了几分愉快的气氛。吊灯一直轻轻晃着，众人受着蜡烛油的惩罚。而我，月亮，则从头至尾看完了这场好戏。"

第五夜

"昨天，"月亮说，"我见到的是繁华的巴黎，我的视线落到了罗浮宫的一个房间里。一个衣着寒酸的老太太——她属于下层阶级的一员——跟着一个下等仆人来到王宫里宏伟空旷的正殿，因为她决意要来这里瞧瞧。老妇人花了不少钱，费了许多口舌，才达成了心愿。她枯瘦的双手合在一起，两眼敬畏地环顾着四周，仿佛走进了一间神圣的教堂。

"'就是这里！'她说，'是这里！'她朝王座走过去，王座上铺着镶金色花边的华丽天鹅绒。'这儿，'她说，'就是这儿！'老妇人跪下来，亲吻着紫色的地毯。我猜，她实际上是在哭泣。'可是，这不是原来的天鹅绒垫了！'仆人说道，他嘴角挂着一丝微笑。'是的，可是这地方没变，'老妇人答道，'从前也是这般模样。''看起来一样，但实际上却不同，'仆人说，'窗户都被打破了，门也被拆掉了，地板上还有血迹。''话虽如此,可我的孙子就是死在这张王座上的,他死了!' 老妇人伤心地重复了一遍。我没有听到他们再说别的,他们很快便退出了正殿。傍晚时分的微弱光线愈加暗淡,我的光芒照进屋子,照亮了法兰西王座上的华丽天鹅绒垫,使它更显华贵。

"你猜猜看,这个可怜的老妇人是谁?请听听我给你讲的这个故事吧。

"故事发生在七月革命期间,就在取得最辉煌的胜利的那天晚上。那时巴黎的每栋房屋都是一座堡垒,每扇窗户都是掩体。起义者们正在朝杜伊勒里宫[1]发动猛烈攻击,战士中甚至有妇女和孩子。他们攻入了王宫的套房和大厅。在攻打王宫的起义者中,有一个衣衫褴褛的半大穷孩子。他身受几处致命的刀伤,倒在地上——就倒在这间正殿内。战士们把这个鲜血直流的孩子放到法兰西的王座上,用天鹅绒包扎他的伤口,他的鲜血浸染了象征王室的紫色。这场景真让人难以忘怀!金碧辉煌的大厅,英勇奋战的人民!地上扔着被撕毁的帝国旗帜,刺刀上绑着新的三色国旗[2],王座上躺着穷孩子。他因失血过多而面色苍白,可脸上却闪着骄傲的光芒;他凝望着天空,四肢因为临死前的痛苦挣扎而蜷曲;他赤裸着胸膛,绣着银色百合花的华丽天鹅绒垫半掩住他褴褛的衣衫。

---

1 杜伊勒里宫:巴黎旧王宫,1871 年被焚。
2 三色旗曾是法国大革命的象征,三色分别代表自由、平等、博爱。

"早在他还睡在摇篮里时，有人就预言过：'他将死在法兰西的王座上！'他的母亲还梦想着他能成为第二个拿破仑。

"我的光芒曾亲吻过他墓前的花环，今晚又吻了他老祖母的额头，她在梦中见到了这番情景，你最好把它画出来——死于法兰西王座上的穷孩子。"

第六夜

"我曾去过乌普萨拉[1]，"月亮说，"我俯视着被荒草覆盖的大平原和贫瘠的田野。我的倒影浮现在塔里斯河上，河上的汽船将鱼儿吓得躲进了水草里。云海在我身下飘浮，他们将长长的云影投在了那些叫作奥丁、托尔或弗列加的凡人的墓地上。稀疏的草皮覆盖着山坡，上面刻着一些人的名字[2]。此处没有供游人刻下自己名字的纪念碑，也没有供他们作画的岩壁，所以游人们只能在草皮上达成心愿。泥土以大大的字母或名字的形式裸露在外，如同一张网，散布于山丘之上。这些'不朽'的名字等到新草皮长出来的时候就消失了。

"小山顶上站着一位诗人，他饮尽一杯蜜酒，角制酒杯上

---

1 乌普萨拉：瑞典东南部城市。

2 欧洲大陆的游人们已经多次见识过这种盛行的风气。在莱茵河边的一些地方，当地人甚至为跃跃欲试的游客们预备了画笔和一罐罐油漆，好让他们留下"不朽的英名"。

镶着宽阔的银边。诗人嘴里喃喃地念着一个名字，还请求清风不要将这个名字传播开去。可是，我还是听到了这个名字。我也知道此人。一顶伯爵的桂冠在这个名字上闪耀，因此，他不能说出来。我笑了笑，因为我知道他自己也顶着诗人的桂冠。爱伦诺拉·戴斯特的高贵是与塔索这个名字紧紧相连的[1]。我还知道美之玫瑰在何处绽放！"

月亮说完，一片浮云便把我们分开了，但愿没有浮云能将诗人和玫瑰分离！

第七夜

"一片冷杉和山毛榉林沿着海岸线延伸，林木的清香四溢。每逢春季，一群群夜莺飞入林中。树林近旁便是变幻莫测的大海，大海和树林间隔着一条宽阔的大路，路上马车辚辚。不过，马车不是我注意的焦点，我的视线最爱落在一处古墓上，黑刺李在岩石间疯长。这是大自然的真实诗篇。

"你认为人类对这大自然的诗篇能做出何种欣赏呢？让我来告诉你昨晚我在此地的所见所闻吧。

"最开始，路上驶来一辆马车，车上坐着两个富有的地主。

---

1 塔索是 16 世纪意大利的著名诗人。爱伦诺拉·戴斯特是当时的一位贵族，因与塔索交往而得名。

一个地主说道：'这片林子真大！''当然了，一棵树就能装十车吧。"另一个说：'今年冬天会很冷，去年一车柴火的价钱是十四块。'——他们走远。又来了一个驱车经过的人，他说：'这条路太难走了。'他的同伴说：'都怪这些该死的树，空气不能流通，只有海风刮过来。'——他们也走远了。一辆驿车驶来，车上的乘客都已睡熟，没人留意到车外的美景。车夫吹响了号角，可是他想的却是：'我吹得不错，在这里吹出的号声好美妙，不知道车里的人是否喜欢。'——驿车也消失在远方了。然后，两个骑马的年轻人疾驰而来。我心中暗叹：他们多么朝气蓬勃啊！他们面带微笑看着遍布苔藓的山丘和密林。'我不会拒绝和磨坊主家的克里斯丁来这里散散步的。'一个年轻人说道。——他们也跑远了。

"空气中飘来花儿馥郁的芬芳，风儿也陶醉其中。天空凌于幽谷，海天仿佛连为一体。一辆马车驶过来，车上坐着六个人，其中四人已进入梦乡；第五个人心里念着自己的新夏衣，这件衣裳得称心合意才行；第六个人在问车夫，远处的石堆可有什么典故。'没什么故事，'车夫回答，'就是一片乱石堆，不过，这片树林还不错。''怎么个不错法？''嗯，我来告诉你这片树林怎么不错吧。你瞧瞧，冬天的时候，积雪太深，整条路都被雪埋了，路上什么都看不见，这些树就成了我的路标，我绕着树林赶车，就不会把车赶到海里去了。你明白了吧，这些树可真不错。'

"现在，又过来一个画师，他没有说话，可一双眼睛却闪烁着兴奋的光芒。他开始吹口哨，这时，夜莺也唱起歌来，歌声清亮，胜过往昔。

"'闭上你们的嘴巴！'画师怒气冲冲地大喊了一声。他准确描绘出了各种色彩和层次——蓝色、淡紫色和深褐色。

"'这幅画真是美极了。'他说。他的画只不过像镜子一样映出了景物的模样。他一边作画，一边哼着罗西尼的一首进行曲。

"最后走来的是一个穷人家的女孩。她放下了身上背的重物，坐在古墓旁边歇息。她苍白俊俏的脸对着树林，像是在用心聆听。突然，她的双眼一下子明亮了，热切地凝视着大海和天空。她双手合十，我猜她是在念《主祷文》。她本人无法明白自己内心的强烈感受，可是我却知道，此时此刻大自然的这幅美景，将在她记忆里久久留存，这远比画师在画纸上留下的画面更为鲜活。我的光芒一直照耀着女孩，直到第一缕晨曦开始亲吻她的秀眉为止。"

第八夜

乌云遮蔽了夜空，一点儿也看不见月亮的影子。我站在小屋里，愈发觉得孤独。我望着天空中它本该出现的地方，思绪飘向了远方，一直飘到我的好朋友那里。它每天晚上都给我讲动听的故事，给我看动人的画面。是的，它见多识广，曾经见过远古洪荒，也曾微笑面对挪亚方舟，如同它近来对我微笑，并给我带来慰藉和一个新世界的承诺一样，这个新世界将从旧世界中诞生。当以色列的子民坐在巴比伦河畔哭泣时，悲悯的月光照在柳林间悬挂的无声竖琴上。当罗密欧爬上朱丽叶家的阳台向心上人示爱时，真爱的誓言如天使般朝天堂飞去，那时，圆圆的月儿挂在明澈的夜空，黯黑的柏树将它半遮半掩。它见过圣赫勒拿岛上被囚禁的英雄 [1]——他正坐在一块孤零零的岩石上，遥望着无垠的大海，心中涌起无限深邃的思绪。啊！月亮真是见多识广。对它而言，人类的生活就是一个故事。今夜，我和我的老朋友又无缘相见了。今夜，我无法绘出它记忆中的一段故事。当我迷茫地眺望夜空，空中出现一点光亮，那一闪而过的光束便来自月亮。月光落在我身上，又消失无踪，乌云飘过夜空，可是，这光亮仍旧传递了月亮友好的问候——它在对我道晚安呢。

第九夜

夜空再次明朗起来。几夜后，一弯月牙儿出现在夜空。这次，它又为我的速写提供了轮廓。请听听它讲的故事吧。

1　此处指拿破仑。

"我随着天上飞翔的极地鸟和海里畅游的鲸鱼来到格陵兰岛东海岸。岸边是一片冰雪覆盖的荒芜岩石，山谷上空阴云密布，一株株低矮的垂柳和灌木为山谷点染上绿意。怒放的剪秋罗散发出阵阵芳香。我的光芒微弱，苍白的面孔如同随波漂流了数周的睡莲一般。天空中的北极光状如王冠，散发出炽热的光。它的光带极宽，沿着它四周散布的极光如旋转的火把，忽而鲜绿，忽而赤红，点亮了整个北极的夜空。这片冰天雪地里还有人居住，他们正聚在一起，歌舞庆祝，不过，他们早已习惯了空中壮观的极光，看都不看一眼。他们信奉的是：'让逝去的灵魂们和海象头一起狂欢吧。'所以，人群把注意力都放在了歌舞庆祝上。人群中间站着一个土著人，他脱掉了毛皮外衣，用一支小巧的笛子吹奏着捕捉海豹的曲子，他周围的人们随声唱和着。他们身穿白色毛皮外衣，围成圆圈跳着舞，看上去仿佛是一群北极熊在举行舞会。

"随后，一场审判开始了。发生了纠纷的岛民们走上前来，原告即兴演唱，伴着笛子和舞蹈，唱出了对方的种种错误，言辞尖刻，不乏嘲讽。

"被告也不示弱，用同样尖酸刻薄的语言来回击，惹得一旁的看客们大笑着做出裁决。怪石突起，冰川融化，冰雪碰撞，如泥沙俱下——这便是格陵兰岛迷人的仲夏夜。离众人一百余步远的地方，一个垂危之人躺在四处敞开的帐篷下面。虽然他身体还温热，气息尚存，但死神已经离他不远了——他本人十分清楚，身边的人也很明白。妻子正在用毛皮为他缝制裹尸布，因为他死后妻子便不能再触碰他的身体。妻子问他：'你想被安葬在山上那厚厚的雪层之下吗？我会用你的独木舟和箭来装饰墓地，巫师会围着墓地跳舞作法。或者，你想接受海葬吗？''就葬在海里吧。'病人低语道，之后点了点头，脸上露出悲伤的微笑。'对，大海是个不错的凉棚，'妻子说，'成千上万的海豹在海里嬉戏，海象就躺在你脚下，在海里捕猎安全又愉快！'闹闹嚷嚷的孩子们扯掉了窗洞上的兽皮，好把尸体从窗洞里抬出去。波涛汹涌的大海曾经赐予他食物，现在又为他提供了长眠之地。他的墓碑便是漂浮在大海上的、变幻莫测的冰川。海豹会在冰川上休憩，群鸟会围着闪亮的冰川顶盘旋。"

第十夜

"我认识一位老妇人，"月亮说，"每年冬天，她都穿着一件黄缎大衣，这件衣服历久如新，也是她唯一入时的衣服。夏天，她总是戴着同一顶草帽，我相信她也总是穿同一条蓝灰色裙子。她从不出门，只是偶尔过街去瞧瞧另一位老太太。后来，她甚至连这点路都不走了，因为那位老朋友去世了。这位孤独的老妇人总是在窗前忙碌。夏天的时候，她忙着照料那些美丽的花儿；冬天时，则忙于照料毛毡上长出的水芹。最近几个月里，她没怎么出现在窗前，不过，她应该还活着，我深信这点，因为我还没有看到她开始所谓的'长途旅行'——她时常对朋友提起这事。'对，'她总是习惯这样说，'等我快死的时候，我就要去长途旅行一次，比我这辈子去过的所有地方还要远。我的家族墓地离此地不远，我死后要埋到那里，长眠在我的家人和亲戚们中间。'昨晚，一辆篷车停在老妇人的房子前面。人们从房里抬出一具棺材，这时，我才知道，她已经去世了。人们用草席裹着棺材，驾着篷车远去了。车里沉睡着安静的老妇人。去年以来，她就没有踏出房门一步。篷车轻快地驶出小镇，仿佛要去进行一次愉快的远足。上了大路后，马车走得更快了。车夫不时紧张地扭头张望——我猜他是有些害怕会看到老妇人坐在棺材上，身上还穿着那件黄缎大衣。出于恐惧，车夫愚蠢地鞭打着马儿，想让它跑快点。他把马缰绳拽得太紧，可怜的马儿们都口吐白沫了，它们只不过是几匹小马。路旁突然跃出一只野兔，马儿受到惊吓，乱跑起来。车上躺着的安安静静的老妇人，多年来总是在一个无趣的圈子里默默活动，死后却在坎坷不平的大路上颠簸奔跑。裹着草席的棺材从篷车里颠了出来，落在了大路上，而车夫和马车却还在旷野中狂奔。荒野里飞来一只云雀，对着棺材唱起了一支晨曲，然后，它又飞到棺材上面，用嘴啄着草席，好像要把它撕开似的。

"云雀欢唱着高飞而去，我呢，则躲到了绯红的朝霞背后。"

第十一夜

　　"这是一场婚宴！"月亮说，"人们在唱歌、敬酒，一切都美妙无比。现在已过午夜，客人们都告辞离去，两位母亲也和新郎、新娘吻别。最后，我看到只剩这对新婚夫妇了，窗帘已经紧紧拉上，灯光照亮了这间温馨的新房。'真好，他们现在都走了！'新郎吻着新娘的手和嘴唇说。新娘一边微笑，一边流泪，依偎在新郎的怀里，如同激流上漂浮的一朵荷花。他们不停地说着甜言蜜语。'好好睡吧！'新郎说。新娘把窗帘拉到一旁。'月色多美啊！'她说，'瞧瞧，月亮多么安静，多么明亮啊！'接着，她吹灭了灯。温馨的房间一下子没有了光线，可是我的光芒还闪耀着呢，如她的双眼一样明亮。女人啊，诗人在歌唱生命之神秘时，请你亲吻他的竖琴吧！"

第十二夜

　　"我给你描绘一下庞贝古城吧，"月亮说，"我来到城外一条街道——他们管这条街叫坟墓街——上空，街道上竖着许多好看的纪念碑。很久很久以前，就在此地，那些快活的年轻人头戴玫瑰花冠，和拉绮思[1]的漂亮姐妹们一起跳舞。

1　拉绮思：古希腊的一个官妓。

"如今，这里笼罩在一片死寂中。那不勒斯政府雇佣的德国士兵驻扎在此，他们只会打牌、玩骰子。一群陌生人由一个哨兵陪着从山那边走来，他们想借着月光看看这座矗立在坟墓上的城市。我让他们看到了熔岩石板上的车辙印，还有许多人家门上的名字——门牌还挂在原地。他们看到一个小庭院里的喷泉池，池上镶嵌着贝壳，不过，如今再也见不到泉水喷涌了，也听不到富丽堂皇的房间里传出的歌声了，只有青铜小狗还守在门口。

　　"这是一座死亡之城，只有维苏威火山在轰隆隆地吟唱不休，这首歌的每个片段都被称为一次喷发。我们一起来到维纳斯的神庙前，神庙由雪白的大理石修砌而成，宽阔的石阶前有一座高高的祭台，新生的垂柳从柱石间冒出。蓝色的夜空一片澄净，维苏威火山成为这幅图画的背景，山顶不停喷出火焰，形状如同松树的树干。

　　"火山之上是一片烟云，在寂静的夜空中犹如松树的树冠，不过却泛着血色的光芒。这群人中有一位女歌手，她是真正的歌唱家。我曾在欧洲的那些大城市中见过人们对她的敬意。这群人来到圆形的悲剧剧院，坐在台阶上，占据了剧院的一小部分，就像许多世纪以前一样。舞台格局依然如故，周围是墙壁，以两个拱门为背景。通过这拱门，观众们能看到与旧时相同的一幕，这是大自然自创的一幕风景——苏伦多城和亚马尔菲城之间的群山。女歌唱家快乐地登上了古老的舞台，开始演唱。

此情此景感染了她，她的样子让我联想起一匹飞奔的阿拉伯野马，鼻息阵阵，鬃毛狂飞——她的歌声如此轻快有力。我想起了各各他山十字架[1]下悲伤的母亲，她脸上的悲伤是那么浓重。这时，掌声和欢呼声响彻剧院，就像几千年前一样。'太美了，真是天籁之音！'全体听众齐声喝彩。五分钟后，舞台又空无一人了，那群人离开了，剧院里再也没有一丝声响——一切都恢复了岑寂。然而，这片废墟会依然如故，无论再过多少个世纪，它们依旧存在。那时，没人会记得这短暂的喝彩和女歌唱家成功的演唱。当一切烟消云散，甚至连我也会把这一时刻当作旧日的一场梦境。"

第十三夜

"我透过一位编辑家的窗户朝里面看去，"月亮说，"这是发生在德国的事情。我看见了精美的家具、大量书籍，还有一堆报纸。屋里有几个年轻人，编辑本人站在书桌前，他们要讨论的是年轻作者写的两本书。'有人把这本书寄给了我，'他说，'我还没有读过。你们对书的内容有什么看法？''哦，'一个诗人说道，'还不错，当然，内容稍显宽泛，不过，这位作者还年轻。遣词造句还可以下点功夫，思想不错但平凡之处

1　据《圣经》记载，耶稣被钉死在各各他山的十字架上。

颇多。可是，我们又能怎样呢？不可能总有新东西出现。我得承认，他成不了大器，但还是值得称赞的。他博览群书，是一位出色的东方学者，拥有良好的判断能力。就是他为我的《家庭生活感言》写了一篇书评，我们应当对他宽容一些。'

"'可是，他是一个十足的庸才！'另一位绅士反驳道。

"'对诗歌而言，没有什么比平庸更可怕的了，显然，他没能突破这一局限。'

"'可怜的家伙，'第三个人说，'他的姑妈还对他抱有厚望。编辑先生，就是这位女士为你最近的翻译作品拉到了许多订户。'

"'啊，原来是那位善良的女士！好了，我介绍一下此书。毫无疑问，这本书颇具神韵，是受人欢迎的礼物，是诗坛中的一朵鲜花，装帧也精美，还有诸多优点。可是，另一本书呢——我猜想，作者希望我买一本吗？我听说这本书也受到了赞美。当然，作者是个天才，你们也这么认为吗？'

"'是的，全世界都这么认为，'那位诗人答道，'不过，这本书写得有点太狂妄了，书里的标点符号尤其出格。'

"'要是我们狠批他一通，惹他恼火，也许对他是件好事，否则他会自视过高。'

"'可是，这样做不公平，'第四个人说，'我们不要对他吹毛求疵，应当为他书中切实存在的众多长处喝彩——他超越了大众。'

"'不行，如果他是真正的天才，就能承受尖锐的批评。他听了太多赞美，我们不必让他太自负了。'

"'毫无疑问，他是个天才，'编辑说道，'但仍偶有疏漏。第二十五页上就有不规范的诗句，有两处不合韵律的地方，我们要给他提提多学古人之类的建议。'"

"我离开那栋房子，"月亮继续说，"来到他们提到的那位姑妈窗前。受到赞扬的平庸诗人就坐在屋里，宾客们都对他表示敬意，他很高兴。

"我又去看那位狂妄的诗人。他在赞助人家里，身旁也聚集了一大群人，他们谈论的是那位平庸诗人的作品。

"'我也会读你的诗，'他的赞助人说，'可是，坦率地说——你知道我从来不在你面前隐瞒自己的观点，我不指望能从中受益，因为你的诗太狂妄、太荒诞了。不过，作为一个普通人而非诗人，你受到了众人的推崇，这一点是确定无疑的。'

"一个年轻女子坐在屋子一角，读着书中的诗句：

天才与荣耀埋于尘土，
庸才却得以彰显。
这虽是古老故事，
但每天都在上演。"

第十四夜

月亮说："森林的小路旁有两幢小小的农舍，房门低矮，有几扇窗户较高，其他窗户则矮得贴近地面。农舍四周长满了山楂树和伏牛花。两所农舍的屋顶上爬满了苔藓、石莲和不知名的黄色野花。花园里只种着白菜和土豆，不过，篱笆墙外有一株柳树，树下坐着一个小姑娘，她的双眼凝视着两所农舍之间的那株老橡树。

"这株橡树的树干腐朽了，树顶已经被锯掉了，一只鹳将它的巢筑在了上面。鹳站在巢里，啄着树干。一个小男孩走过来站在女孩身边，他们是兄妹俩。

"'你在看什么呢？'他问。

"'我在看那只鹳，'女孩回答，'邻居们告诉我，鹳鸟今天会给我们带来一个小弟弟或小妹妹，我们看看它是怎么来的吧！'

"'鹳鸟什么都不会带来的，'男孩纠正她的说法，'你要明白，邻居也对我这样说了，可是，她说这话的时候在笑，所以，我就问她敢不敢向上帝发誓，她不敢，我就知道这个鹳鸟的故事是她瞎编的，他们大人这样说只是想逗我们小孩玩。'

"'那小孩子是从哪儿来的呢？'女孩问。

"'当然是一个天使用披风兜着从天堂带来的，可惜没人能看到他，所以我们从来不知道他什么时候来。'

"此时，一阵风吹动垂柳，两个孩子双手合十，对视了一眼，显然，这是天使送小孩来了。兄妹俩握着手，这时候，房门打开了，邻居走了出来。

"'你们俩快进来吧，'邻居太太说，'瞧瞧鹳鸟带来什么啦！是个小弟弟。'

"两个孩子郑重地点点头，因为他们已经知道小孩子被带来了。"

第十五夜

"我从吕讷堡[1]的荒原上空滑过，"月亮说，"路旁有一座孤零零的茅屋，屋旁是几丛稀疏的灌木。一只迷途的夜莺在婉转歌唱，它即将在寒夜中死去，我听到的是它的挽歌。

"晨曦微露，染红了天际，我看见一辆移民的篷车，他们要出发去汉堡，再从汉堡乘船去美洲，他们梦想能在那里过上富足的日子。母亲们背着幼儿，大一点的孩子跟跟跄跄地跟在母亲身旁，一匹饥饿的马儿拖着篷车，车上放着他们少得可怜的财产。寒风阵阵，小女孩依偎着母亲。母亲正望着我这轮残月，想着在家乡过的穷困日子，说起了无法支付的高税收。全车的人都在想同样的事情，所以，黎明的曙光仿佛是太阳传来的喜

---

1 吕讷堡：德国城市。

讯，照亮了他们的幸福前程。他们听到了垂死夜莺的歌唱。它不是虚假的先知，而是幸运的预言家。在呼啸的寒风中，他们没有听懂夜莺的歌声。'愿你们平安远航！你们倾尽所有买了远洋船票，你们将贫苦无助地走进迦南之地[1]。你们不得不卖掉自己和妻儿，可是，你们不会痛苦太久，死亡女神就躲在芳香的阔叶后面，她迎接你们的亲吻会让你们的血液染上致命的热病。走吧，走吧，到波涛起伏的大海上去吧。'篷车上的人们听到夜莺的歌唱，非常高兴，以为歌声会带来好运。破晓时分，晨光初露，乡农穿过荒原，朝教堂走去。身穿黑袍的妇女头上裹着白头巾，如同从教堂的壁画上走下来的幽灵。四周是一片岑寂而广阔的平原，荒原上覆盖着凋零的褐色石楠，白色的沙山之间是黝黑的焦土。女人们手拿赞美诗集，走进教堂。她们要去祈祷，为要到苍茫的大洋彼岸去寻找坟墓的人们而祈祷。"

第十六夜

"我认识一个演小丑普启涅罗[2]的演员，"月亮告诉我，"观众一见到他便会鼓掌喝彩，他的一举一动都滑稽有趣，引得全

---

1 据《圣经》记载，亚伯拉罕听从上帝的指引，带着族人迁徙到迦南这片"流着奶和蜜"的土地。

2 普启涅罗：16世纪开始活跃在意大利那波利戏剧舞台上的一个家喻户晓的喜剧人物，面貌古怪，性情滑稽。

场爆笑。他好像不是凭演技，而是完全靠天分来表演的。小时候，他和别的男孩一起玩耍，就已经像个小丑了。大自然也刻意增添了他作为小丑的资本，让他长成了驼背，胸前也长出一块肉瘤。不过，他的内心和思想却很丰富，没有人的感情能比他深厚，没有人比他更有急智。剧院便是他的理想王国。如果能拥有苗条的身段，他会成为舞台上最优秀的悲剧演员，他的灵魂中充满了悲壮和伟大的情绪。可惜，他已经成了小丑演员，痛苦和忧郁增加了他外貌的喜剧效果，让观众更觉滑稽，从而引发更热烈的掌声。美丽的科伦芭茵[1]一直待他很好，可是，她想嫁的人是哈勒坤，而不是他。如果真的让美人和小丑结合就太滑稽可笑了。

　　"小丑情绪低落的时候，她是唯一能使他开怀大笑或微微展颜的人。开始，她会表现得和他一样忧郁；然后，她的表情会变得平静一点儿；到最后，她的表情会变得十分愉快。'我太了解你的苦恼了，'她说，'是的，你在恋爱。'他会忍不住笑起来。'我会恋爱？！'他叫道，'真是荒唐，观众会笑死的！''你的确是在恋爱，'她继续说，脸上增加了一丝滑稽的惆怅，'你爱的人便是我。'人们认为绝无此事的时候，是可以这么随便说说的——事实上，小丑听到这话也爆发出一阵笑声，跳了起来，他的忧郁好像被一扫而空了。

1　科伦芭茵：意大利传统喜剧中的女角色，丑角哈勒坤的情人。

"不幸的是，她说中了小丑的心事。他真的爱她，全身心地爱着她，正如他真心热爱伟大和崇高的艺术一样。在她和哈勒坤的婚礼上，他是最快乐的宾客，可在寂静的深夜里，他在默默哭泣。要是观众看到他伤心欲绝的模样，一定会兴高采烈地鼓掌欢呼。

"几天前，科伦芭茵离开了人世。在葬礼那天，哈勒坤没有上场演出，因为他成了一个郁郁寡欢的鳏夫。导演不得不安排一段喜剧，好让观众们不要太思念美丽的科伦芭茵和活泼的哈勒坤。因此，小丑要比以往更加卖力才行。他表面上手舞足蹈，欢呼雀跃，内心却悲痛欲绝。观众们大声喝彩：'太棒了，太棒了！'

"最后，小丑还返场谢幕，他被誉为无可比拟的丑角。

"可是，昨晚，这个丑角独自出了城，来到荒僻的墓地。科伦芭茵墓上的花环已经枯萎，小丑坐在墓前。这一幕真值得画家来描摹一番。他呆坐在那里，手撑着下巴，两眼望着我，如同一尊怪异的墓碑。墓地上的小丑！古怪又滑稽！要是此刻人们看到他们喜爱的小丑，一定会一如既往地喝彩：'太棒了，小丑，你演得太棒了！'"

第十七夜

听听月亮告诉我的这个故事吧。"我见过一位军校学生晋升为军官后第一次穿上潇洒军服的模样，我也见过穿着婚纱的年轻新娘，还有身着华美礼服的王子的未婚妻。不过，这些人都不如我今晚见到的小女孩快乐。她只有四岁，刚得到一条蓝色的新裙子，还有一顶粉红色的新帽子。她穿上这套盛装，让人拿来蜡烛，因为透过窗户照进屋里的月光不够明亮，她还需要更多光线。小女孩站在屋子中央，背挺得直直的，像个洋娃娃。她辛苦地伸直了双手，还张开了手指，以免碰坏衣服。哦，她的眼中和脸上闪耀着多么快乐的光芒啊！'明天你能穿着新衣服出去了。'她母亲说。小女孩望了望新帽子，又低头瞧瞧新裙子，开心地笑了。'妈妈，'她说，'要是小狗们看见我这身新衣裳，它们会觉得好看吗？'"

第十八夜

"我和你谈起过庞贝古城，"月亮说，"相比那些充满活力的城市来说，它是一座死亡之城。我还知道另外一座奇特的城市，它不是以死亡著称，而是一座幽灵城市。大理石的喷泉池喷水时，仿佛在向我讲述这座漂浮在水上的城市的故事。对，喷泉能讲出威尼斯的故事，海浪也能将威尼斯的声名远播！海面飘荡着薄雾，那是威尼斯这未亡人的面纱。大海的新郎已经死去，他的宫殿和城市便是他的陵墓！你知道这座城市吗？在城中，你听不到滚滚的车轮声和嘚嘚的马蹄声，只有鱼儿在城里游动，还有黑色的贡多拉[1]在绿水间滑行。"

"我带你看看这座城市吧，"月亮继续说，"看看城里最大的广场，你会以为自己进入了童话世界。宽阔的石板上杂草丛生，晨曦中，无数温顺的鸽子绕着一处高高的塔楼飞翔。你会发现自己三面被回廊环绕。回廊里坐着的土耳其人抽着长长的烟斗，英俊又年轻的希腊人倚靠在柱子上，凝视着高挂的战利品和高耸的旗杆——那是过去荣耀的纪念。

"旗杆上的旗帜低垂，像是哀悼的黑纱。一个女孩在此歇息，她放下沉重的水桶，背水用的担子仍搭在一边肩膀上，身子靠在象征胜利的旗杆上。离你不远的地方是一座教堂，而非巍峨的宫殿。教堂上镀金的圆顶和圆球反射着月光。上面一匹匹铜马威武神骏，就如同神话中的骏马一样到处周游。它们曾来来去去，最后又回到这里。你注意到那些五彩斑斓的墙壁和窗户了吗？仿佛是一位天才用孩童般异想天开的想法装饰了这座圣堂。你看到圆柱上肋下生着双翼的雄狮了吗？镀金的狮身还在闪闪发光，可它的两翼却耷拉下来——雄狮已经死了，因为大海之王已经死了。雄伟的殿堂孤独地耸立着，曾经悬挂着精美画作的墙壁，如今空空如也。从前只供贵族行走的拱廊，现在却是流浪汉的栖息之地。从深井中，也许是叹息桥[2]旁的

1　贡多拉：意大利水城威尼斯的一种小船，为当地的主要交通工具。

2　叹息桥：位于威尼斯圣马可广场附近，两端联结着总督府和威尼斯监狱，是古代由法院向监狱押送死囚的必经之路，故称为"叹息桥"。

监狱中传出了阵阵悲叹。当年,布森图瓦号礼船上的金戒指被投入亚得里亚海后,贡多拉船上响起的欢快手鼓声就和这悲叹声一样[1]。

"亚得里亚海啊!请让薄雾将你围绕,请让你未亡人的面纱将你的身体掩盖,请让你新郎的陵墓——这座如大理石般冰冷的幽灵之城威尼斯,穿上悲哀的丧服吧!"

第十九夜

"我俯瞰着一座剧院,"月亮说,"剧院里面人潮涌动,因为今晚是一位新演员的首场演出。

"月光掠过墙上的小窗,我看见一张涂着油彩的脸,额头靠在窗玻璃上,他就是今晚的主角。他脸上骑士风格的胡须紧紧卷在下巴边,可他的双眼却含着泪水,因为观众才把他轰下了舞台。他们有理由起哄。可怜的无能之人啊!然而,在艺术的王国里,无能之人是不被接受的。他感情深厚,痴迷艺术,只可惜艺术不钟爱他。提词员的铃声响起:'主人公意志坚定地走进来。'于是,他只好又登上舞台,出现在观众面前,让他们再次羞辱他。这幕戏结束后,我看见一个

---

1 古时威尼斯习俗,耶稣升天节这天,威尼斯总督乘布森图瓦号礼船出海,将一枚金戒指投入亚得里亚海,代表威尼斯与大海结婚。

人影裹着斗篷，溜下台阶，那就是今晚被打败的骑士。布景的杂役悄悄议论着他，我跟着这个可怜虫回到他的房间。上吊而死显得太没有男子气概了，身边又没有毒药。我知道他把这两种死法都权衡过了。我看见他半睁着双眼，对着镜子研究自己苍白的脸，想看看自己死后的样子如何。一个人也许会遭遇极度不幸，但这并不妨碍他做作一番。他想到了死亡。我想他还是怜惜自己的，因为他在痛苦地哭泣。一个人要是还能哭出来，那他就不会自杀。

"从那以后，一年过去了，又有一出戏在上演。不过，演出地点是在一个小剧场，而且是由一个流浪剧团组织的。我再一次看见了那张熟悉的面孔，脸上涂着油彩，贴着卷曲的胡须。

"他望着我，脸上露出了微笑。可惜，一分钟前，他又被观众轰下了舞台，被寒酸的剧场里少得可怜的观众轰下了舞台。今晚，一辆灵车驶出了小镇。车里躺着的是一个自杀而亡的人，正是那位脸上涂着油彩、受人轻视的演员。除了我的月光，没有人跟在灵车后面送葬，赶灵车的人是唯一在场之人。在墓地的一角，自杀者的尸体被抛进了墓穴。不久，他的坟头就会荒草丛生，教堂司事还会把从其他坟墓上清理掉的荆棘和野草扔到他的坟上。"

第二十夜

"我从罗马来，"月亮说，"在这座七丘之城[1]的中间，有一片古时宫殿的废墟。野无花果树从墙缝中挣扎着长出，宽阔的灰绿色树叶遮住了裸露的墙体。驴子踏着一堆堆垃圾，在绿色的桂树林中行走，在茂盛的蓟草上嬉戏。罗马之鹰曾经从这里展翅翱翔，所到之处均被它征服。有一扇门通向一所小小的土房，房子建在两根圆柱之间，野藤悬在歪歪扭扭的窗户上，就像是祭奠用的花环。一位老妇人和小孙女住在这所房子里。如今她们成了这座恺撒的宫殿之主，常常给陌生人指点宫殿的遗址所在。昔日辉煌的大殿如今只剩下一段光秃秃的断壁，安放王座之处如今被黯黑的柏树投下的阴影所遮挡，残破的走道上灰尘堆积。这个小孙女如今是宫殿的女儿，常常来到这里，坐在凳子上聆听晚钟响起。她把近处这道门的钥匙孔称作她的角楼小窗。透过钥匙孔，她能看见半座罗马城，一直能看到圣彼得教堂[2]宏伟的圆顶。

"今夜，和往常一样，四周一片宁静。在我明亮光芒的照耀下，小孙女走了过来。她头上顶着一个古式的陶土罐，罐里装满了水。她光着脚，身上穿的短裙和白色的衣袖都已磨破了。

---

1 罗马有七座山丘，故称"七丘之城"。

2 圣彼得教堂：罗马城中梵蒂冈的著名教堂。

我吻了吻她圆润的肩头、漆黑的双眼，还有乌黑亮丽的头发。她爬上陡峭的台阶。台阶是由破损的大理石块和倒下的圆柱柱头砌成的，显得凹凸不平。一只花蜥蜴受到惊吓，从她脚边溜了过去，她看到了却没有受惊。她已经举起手去拉门铃——一条兔子腿系在绳子上，成了宫殿的门把手。她停了片刻——她在想什么呢？也许是下面小教堂里那个可爱的、衣着华丽的圣婴像。教堂里的银烛台带来了一片光明，她的小伙伴们在唱着赞美诗，她也能成为其中一员吗？我知道，她不能参加。这会儿，她又走了几步，却摔了一跤，陶土罐从她头顶跌落，在大理石台阶上摔成碎片。她号啕大哭起来，这座美丽宫殿的女儿在为一个不值一文的陶土罐哭泣。她赤脚站在地上哭着，不敢伸手去拉那根绳子，那根宫殿的铃绳。"

第二十一夜

月亮已经有半个多月没有出现了，今晚，它又来了。明亮圆润的月亮在云层之上缓缓前行，请听听月亮讲的故事吧。

"我在费赞[1]跟上了一个商队。他们来到沙漠边缘，在一片盐池边停了下来。盐池就像结冰的湖面一样在闪光，只有星星点点的地方被流沙轻轻地覆盖。商队中最年长者的腰带上挂

1　费赞：利比亚西南部旧地区名，撒哈拉沙漠的一部分。

着一个水葫芦，头上顶着一个未发酵的面包。他用木棍在沙子上画了一个方块，在方块中写下了《古兰经》中的几句话，然后，整个商队就从这块圣地旁走过去。一位年轻的商人——从他的眼睛和身材，我看出他是个东方人——骑着一匹呼呼打着响鼻的白马匆匆走过。或许，他正思念着远方年轻貌美的妻子吧。就在两天前，这位美丽的新娘骑着一匹装饰华贵的骆驼绕城一周，和他举行了婚礼。欢庆的鼓乐齐鸣，女人们载歌载舞，新郎点燃了许多鞭炮，鞭炮声在骆驼四周响起。可今天，他却跟着这支商队在沙漠中行走。

"我跟着这群人走了很多个晚上。我看见他们在低矮的棕榈林间的水井旁歇息，他们把刀子插进倒在地上的濒死骆驼的胸膛，把骆驼肉放在火上烤来吃。我的清辉让灼热的沙地冷却下来，并让黑色的岩石显露出来，这是茫茫沙海中一个个死寂的岛屿。无路可寻的前方，没有心怀敌意的异族，也没有暴风雨和沙暴在等着这支商队。在年轻商人的家中，美丽的妻子在为她的丈夫和父亲祈祷。'他们死了吗？'她问我金色的新月。'他们死了吗？'她问我圆圆的满月。现在，沙漠就在他们脚下。今晚，他们坐在高高的棕榈树下，一只白鹤扑扇着长羽绕着他们飞翔，还有鹈鹕在金合欢树枝间窥望着他们，大象粗壮的象脚把茂盛的野草踩倒在地。

"一群黑人从内陆赶集回来，女人们的黑发上别着铜发卡，身上穿着靛蓝的衣裳，赶着负重的牛群，背上还背着光溜溜的、熟睡的孩子。一个黑人还牵着一头刚买来的小狮子。他们走到这支商队旁，年轻的商人一动不动地坐着，满怀忧郁地想念着美丽的妻子，在这片黑人的国土上想象着沙漠的远方那芬芳的白色百合。他抬起头，然后——"就在这时，一片乌云遮住了月亮，随后，又飘来另一朵云彩。这天晚上我也就没能听到后面的故事。

第二十二夜

"我看见一个小女孩在哭泣，"月亮说，"她是在为这个世界的邪恶而哭泣。她得到了一件礼物——一个最美丽的玩偶。噢，这玩偶太漂亮、太精美了！它来到这个世界上仿佛不是来承受苦难的。可是，小女孩的哥哥们，那些淘气的男孩子，却把玩偶放到了高高的树枝上，随后便跑掉了。

"小女孩够不着玩偶，没法帮玩偶从树上下来，这就是她哭泣的原因。玩偶想必也在哭泣吧，因为它在绿树枝间伸开了双臂，看上去伤心极了。是的，这些便是小女孩时常遇到的苦恼。啊，可怜的玩偶！天渐渐黑了，想想吧，黑夜就要降临；这可怜的玩偶要整夜独自待在树上吗？不，小女孩不忍。

"'我要陪着你。'她说。尽管她心中充满快乐，可在想象中，她仿佛看到眼前出现了小精灵，他们戴着大尖帽，坐在灌木丛上。长长的走道另一端，还出现了高大的幽灵，他们在跳舞。

这些家伙越走越近，朝着玩偶坐的大树伸出手来，用手指着玩偶轻蔑地笑着。小女孩多么害怕啊！'可是，要是一个人没有干过坏事，'小女孩想，'那就没有鬼怪能伤害他。我自己是不是做过坏事呢？'她想：'哦，对了，我做过！我嘲笑过一只腿上系着红布条的鸭子。它走起路来一瘸一拐的，真滑稽，我忍不住笑了，可是，嘲笑动物也是一种罪过。'她望着玩偶。'你也嘲笑过鸭子吗？'她问。玩偶仿佛摇了摇头。"

第二十三夜

"我朝下面的提洛尔[1]望去，"月亮说，"在我的月光照耀下，黝黑的松树在岩石上投下了长长的阴影。我看着那些房屋墙上背负着圣婴的圣克里斯多夫的画像，这幅巨大的画像从地面一直延伸到屋顶。还有一幅画，画上的圣弗洛里安[2]正在朝着火的房屋泼水。另外一幅画是耶稣基督被绑在路边的大十字架上，身上流着鲜血。对现在的人来说，这些都是古画，可我却是看着它们一幅接着一幅地被画到墙上的。

"一座高山顶上筑着一座孤零零的修道院，就像一个燕子窝似的。两个修女站在钟楼上敲钟。她们都很年轻，所以，她

1　提洛尔：横亘奥地利西部与意大利北部的阿尔卑斯山脉的一个区。

2　圣弗洛里安：耶稣的门徒之一。

36

们的视线仿佛越过了群山，飞到了外面的世界。一辆马车从山下经过，车夫按了按喇叭，两个可怜的修女用哀愁的眼神目送着马车走远，年轻一点的修女眼中流下了一滴眼泪。马车喇叭声渐行渐远，淹没在修道院的钟声里。"

第二十四夜

月亮告诉了我下面这个故事："几年前，在哥本哈根，我透过一间陋室的窗户看进去。这家的父亲和母亲都已进入梦乡，可小儿子还没有睡着。我看见花布床幔动了动，这个小男孩在往外看。起初，我以为他是在看大挂钟，钟上画着红红绿绿的漂亮图案。挂钟顶上是一只布谷鸟，它下面挂着沉重的铅制钟锤，包着亮闪闪的金属外壳的钟摆来回走动着，传来嘀嗒嘀嗒的声音。不过，小男孩看的不是挂钟，而是挂钟下方摆放着的母亲的纺车。这辆纺车是男孩最喜欢的一件家具，不过，他却不敢碰它，要是他乱动了纺车就会被打手。母亲纺线一连几个小时，他会静静地坐在她身旁，目不转睛地盯着嗡嗡作响的纺锤和不停转动的纺车轮，他的小脑瓜会不禁浮想联翩：'要是也能让我去纺纺就好了！'父母亲都睡着了，小男孩看看他们，又看看纺车，从床上伸出一只光脚丫，接着又伸出另一只脚，随后是白白的双腿。他站在地上，回头看看，好确认没有惊醒父母——还好，他们都还在熟睡。于是，穿着短小睡衣的小男孩轻轻地溜到纺车旁，开始纺线。纺车纺出一根棉线来，车轮越转越快。我吻了吻他的金发和湛蓝的眼睛，这真是一幅动人的画面！

"就在此时，母亲醒了，她掀开床幔，朝外面看看，以为是看到了小精灵或者别的什么怪物。'老天爷！'她叫起来，慌忙弄醒了丈夫。父亲张开双眼，揉揉眼睛，看着纺车边快活的小家伙，说：'怎么回事，那不是波特尔吗？'我的眼睛不再注视这间陋室了，因为我还有许多东西要看。与此同时，我看到了罗马梵蒂冈的殿堂，里面摆放着高高在上的大理石神像。我的光芒照在拉奥孔群雕上，这些石雕仿佛也在叹息。我在女神缪斯雕像的嘴唇上留下无声的一吻，女神仿佛也有了鲜活的生命。不过，我的目光在尼罗河神群雕上逗留最久。河神斜靠着斯芬克斯，沉思默想着，仿佛正回忆着悠悠逝去的无尽岁月。十来个小爱神簇拥着河神，一旁还有一些鳄鱼。在丰饶之角上坐着一位抱臂的小爱神，他在注视着伟大肃穆的河神。小爱神的模样像极了纺车边上的小男孩——如同一个模子印出来似的。这尊大理石小雕像栩栩如生，自它从石头中诞生以来，岁月之轮已经转动过一千多次了。要让石头中产出同样伟大的雕像来，岁月之轮不知还要转上多少圈，正如那小男孩在陋室中转动的纺车一样。"

"自那以后，许多年过去了，"月亮接着说，"昨晚，我朝丹麦东海岸的一个海湾望去。那里有广袤的森林，林中长着参天大树，红砖墙围着一座古老的城堡，天鹅在池塘里悠游。果园的后面是一个小镇，镇里有座教堂。许多船在平静的河面上滑过，船员们都手举火把——不过，人们点燃火把不是为了捉鱼，而是为了营造喜庆的气氛。音乐响起，一阵歌声传来，一艘船上端立着一个人。他是个健壮的高个子，身穿一件披风，其余的人都在向他致敬。他长着一双湛蓝的眼睛，还有一头长长的白发。我认识他，我回想起梵蒂冈和尼罗河神的群雕，还有那些古老的大理石神像，我想起了陋室中穿着睡衣、坐在纺车旁的小波特尔。时间之轮已经转动，新的神像已经从石头里面诞生了。船上传来一声高呼：'万岁，伟大的波特尔·托尔瓦德森万岁！'"

第二十五夜

"我让你看一幅法兰克福的图画吧。"月亮说。

"我留意到此地的一幢楼房，它不是歌德的诞生地，也不是旧市政厅。从这幢房子的格栅窗户望进去，我能看到几只牛角——皇帝加冕时曾用烤牛肉来款待宾客。这是一栋外表平淡无奇的私宅。它被漆成了绿色，就位于老犹太街附近——是罗斯柴尔德家族的宅子。

"我从敞开的房门望进去。楼梯间灯火明亮，几个仆人正举着巨大的银烛台站着，冲着一位老妇人深深鞠躬，这位老妇人坐在轿椅上被抬下了楼梯。房主人脱帽而立，握着老妇人的手，送上了恭敬的吻手礼。她是房主的母亲。她朝他和仆人们和蔼地点点头，仆人们把她抬进了阴暗的小巷，来到一处小房子。这里是她的居所，是她的孩子们的出生之地，她的家族也是由此发达。如果她也离开这条街和这所小房子，财富也会离她的孩子们而去——对此，她深信不疑。"

月亮没有再说什么，今晚它的来访太短暂了。不过，我仍想着那位住在背街小巷里的老妇人。只需一句话，她就能拥有泰晤士河边的一幢豪宅，或是那不勒斯海湾边的一栋别墅。

"这所不起眼的小房子是我儿子们发迹的地方，如果我离开它，财富也会离开我的儿子们！"这是迷信的说法，可是，这种迷信对于知道这个故事，看过这幅画面的人来说，只需加上两个字的说明便能解释清楚，这两个字便是"母亲"。

第二十六夜

"昨天，在晨光中，"月亮这样对我说，"我来到一个大城市上空，烟囱都还没开始冒烟——我留意的只是那些烟囱。突然，一个小脑袋从一根烟囱里钻出来，然后是半截身子，还有撑在烟囱顶帽上的双臂。'哟嗬！哟嗬！'一个声音叫道。这声音是那个扫烟囱的小孩发出来的，这是他平生第一次从烟囱里爬出来，第一次把头伸出烟囱顶。是的，从黑漆漆的烟囱里面爬出来的确是不同寻常的体验！外面的空气多么清新，他能够俯瞰全城，还能望到远处的森林。旭日初升，阳光洒满大地，也照在小男孩的脸上。虽然煤灰弄脏了他的脸，可是他脸上却洋溢着喜悦。

"'全城人都能瞧见我了，'他高呼，'月亮也正看着我呢，还有太阳。哟嗬！哟嗬！'他兴奋地挥舞着扫帚高喊。"

第二十七夜

"昨晚，我俯瞰的是一个中国的城市，"月亮说，"我的月光照亮了街道上的土墙。当然，我偶尔也会看到一扇门，可是，门却是锁着的。中国人哪会关心外面的世界呢？紧闭的百叶窗遮住了山墙后房屋的窗户，不过，一座寺庙的窗户里透出了一点光亮。我朝殿堂里看去，发现里面的装饰独具一格。从地面到天花板的整个墙面上都画满了金粉彩绘的图画——这些画反映的是诸位菩萨在凡间的功绩。每个壁龛里都供奉着神像，可神像几乎都淹没在五彩帷幔和悬垂的旗幡下面了。每座锡铸的神像前都有一处盛放圣水的小佛台，上面还供着鲜花和香蜡。最高处供奉的是至高无上的佛祖。他身着黄袍，因为黄色象征着神圣。佛台下坐着一个有生命的人——是一个年轻的和尚在打坐。他像是在祷告，可他仿佛在祷告时陷入了沉思。这无疑是种罪过，因此他脸红了，惭愧地低下了头。可怜的素弘和尚啊!

"他在梦想去高墙后面的花园里当个花匠吗?他是觉得种花比面对青灯古佛更有意思?或者,他是在梦想参加一场盛宴,在品尝每道菜的间隙,用银色餐布擦嘴吗?或者,他的罪孽太重,一旦开口认罪就会被皇上问罪处死吗?他的思绪是随着那些外夷的船只回到了他们遥远的故乡英格兰吗?不,他的思绪没有远行,不过他的想法确实有罪。虽然这是年轻的心灵都会产生的想法,但是,在此处这间寺庙里,在佛祖和诸神面前,这些想法是一种罪过。

"我知道他的思绪飞到了何处。在这座城市的另一端,在一片琉璃屋顶下,房内摆设着绘满花朵的漂亮花瓶,屋里坐着一位叫朴的美丽姑娘。她有着一双稚气的眼睛、两瓣饱满的嘴唇,还裹着一双精巧的小脚。脚上的鞋子弄疼了她,可她的心更疼。她抬起圆润的手臂,身上的绸裙沙沙作响。她面前摆着一个装着四条金鱼的玻璃缸,她用一根细长的漆棍搅动着鱼缸里的水。她的动作很慢,因为她也陷入了沉思。她在想:这些金鱼的色彩怎么会如此艳丽呢?它们在这个水晶世界里生活得多么安静祥和,吃的食物多么丰盛啊!要是它们离开鱼缸,得到自由,会活得多么快乐啊!是的,美丽的朴姑娘,她深知这一点。她的思绪飘远了,飘到了那座寺庙里,不过,不是为了那些神佛。可怜的朴!可怜的素弘啊!

"他们凡间的思绪相遇了,可我冰冷的月光却横亘在两人之间，就像天使手中的一把剑。"

第二十八夜

"夜空一片宁静，我从空中滑过，"月亮说，"水面也如天空般澄净，我能看到水底奇形怪状的水草，它们向我伸出长长的手臂，形如森林中的参天大树。鱼儿在水草上方游来游去。高空中，有一队野天鹅正在飞翔，其中一只因双翼疲惫而越飞越慢，它的眼睛追随着同伴，看着它们慢慢消失在天际。它张开翅膀，如同在静谧夜空中沉落的肥皂泡一样缓缓落下，一直落到了水面。它把头扭过来埋在翅膀中间，静静地漂在水面，犹如一朵白莲漂浮在安静的湖面上。一阵轻风吹皱了湖水，湖面泛起点点微光，仿佛片片云朵如海浪般散开。天鹅抬起头，波光粼粼的湖面如同一片蓝色火焰在它身下燃烧。黎明唤醒了朝霞，天鹅又有了飞翔的力气，便朝着初升的太阳飞去，朝着同伴们消失的蔚蓝海岸飞去。不过，它是在独自飞行，它的内心充满了渴望，孤独地在碧海蓝天中飞远了。"

第二十九夜

"我让你看看瑞典的另一幅图画吧，"月亮说，"在幽暗的松树林里，靠近洛克森河阴郁河岸的地方，有一座古老的乌瑞塔女修道院的教堂。我的光芒透过窗格，照进了教堂宽敞的地下墓室，历代国王安详地躺在墓室的石棺里面。每座坟墓上方的墙壁上都挂着一顶皇冠，这是尘世间荣耀的象征。不过，这只是一些木雕皇冠，经过了油漆和镀金处理，挂在楔进墙体的木钉上。蛀虫咬坏了镀金的木头，蜘蛛在皇冠和沙地间结网。蛛网犹如一面哀悼的横幅，脆弱而短暂，正如人们的哀思一般。国王们睡得多么安详啊！我还能清楚地回忆起他们，我仍能看见他们唇边无畏的微笑，看见他们无所顾忌地表达出他们的喜怒哀乐。汽船曲折前行，像一只神奇的蜗牛在湖上留下一道道水波。常常会有陌生人来拜访这座教堂，参观地下墓室，并问起国王们的名字，而这些姓名不过是些被人遗忘的字符而已。参观者瞥了一眼虫蛀的皇冠，脸上露出微笑。如果他是一个虔诚的、有思想的人，他的微笑中会带有愁思。继续沉睡吧，故去的君王们！月亮还记得你们。夜晚，月光会照耀你们沉寂的王国，那里悬挂着你们松木雕成的皇冠！"

第三十夜

"大路边上有一家小客栈，"月亮说，"客栈对面是一个大车棚，棚顶正在加盖茅草。我透过裸露的木椽和敞开的阁楼，看到了楼下让人不舒服的场景。雄火鸡在房梁上歇息，空马槽里放着马鞍。车棚中央停着一辆马车，马车主人在车里酣睡，马儿在饮水。车夫伸了伸懒腰，尽管我深信他在后半段旅程中睡得十分香甜。用人房间的门开着，床上一片狼藉，蜡烛放在地板上，已经燃到了底。冷风刮过，车棚里一丝温暖也没了。时近黎明，而非午夜。地上的牲口栏里睡着流浪乐手一家。父亲和母亲好像梦见了酒瓶里残存的烈酒。脸色苍白的小女儿也在做梦，因为她的双眼挂着泪珠。他们的头顶立着竖琴，脚下躺着一条小狗。"

第三十一夜

"故事发生在一个偏远小镇，"月亮说，"是去年的事情了，不过这无关紧要。我看得明明白白。今天，我在报纸上读到了这个故事，不过报纸没有把这事儿的来龙去脉讲清楚。

"一间小客栈的酒馆里坐着一个耍熊的人，他正在吃晚饭，熊就拴在外面的木堆后面。可怜的熊先生，虽然它看上去有点凶巴巴的，可是从不招惹谁。客栈阁楼上，有三个小孩在月光下玩耍。最大的那个约莫六岁，最小的还没有满两岁。'嗒啦、嗒啦'有人走上楼梯，这是谁呢？门被推开了——原来是熊先生。身形巨大、毛茸茸的熊先生来啦！它在外面的院子里待得不耐烦了，就寻着路走上楼梯，我都看见了。刚开始，孩子们被这个庞然大物吓坏了，一个个都躲进了角落里面，可熊找到了他们，还挨个儿嗅他们身上的味道，不过，它并没有伤害孩子们。'这一定是一只大狗。'孩子们说，并开始抚摸它。大熊趴在地上，最小的孩子爬到它背上，低下满头金色卷发的小脑袋，躲在这头野兽乱蓬蓬的毛发里玩游戏，最大的男孩拿出鼓来，把鼓敲得砰砰响。大熊用后腿站立起来，开始和着鼓声跳舞。这一幕真是有趣。三个孩子都拿起枪，也给大熊发了一支枪，它握枪的姿势还不错。孩子们找到了一个很好的玩伴，他们开始喊着'一、二、一、二'操练起来。

"突然，有人来到门边，推开了房门——门口站着的是孩子们的母亲。你真该瞧瞧她目瞪口呆的样子。她的脸吓得煞白，嘴巴半张，两眼惊恐地望着屋里。可是，最小的孩子却冲母亲兴高采烈地点点头，口齿不清地叫着'我们在玩当兵的游戏呢'。这时，耍熊的人跑了过来。"

第三十二夜

狂风呼啸，流云飞逝，月亮只是偶尔露出它的脸。

它说："寂静的夜空中，我从云上往下看，只见地面上一团团云影在互相追逐。我看到了一座监狱，监狱前面有一辆马车，马车的车门紧闭，一个囚犯要被送走了。我的光线穿过格栅窗，照到墙壁上，这个囚犯正在往墙上刻字，作为临别纪念。不过，他刻的不是文字，而是一首曲子，是从他心底涌出的乐曲。门开了，他被带了出去。他的双眼凝视着我这轮圆月。一朵朵云彩从我和他之间飘过，仿佛是他看不到我的脸，我也看不到他的脸。他登上马车，车门被关上了。马鞭声响起，马儿朝着密林飞驰而去。我的光无法跟随他照进森林，可是，当我的光芒透过格栅窗照进囚室时，我看到了那些音符，他刻在墙上的诀别之曲——文字无法表达的意思，却可以用音乐唱出来。

"我的光只能照亮几个音符，墙上大部分音符我都看不清。他写下的是死亡的赞美诗还是欢乐的颂歌？他要去迎接的是死亡还是爱人的怀抱？月光读不懂人类写下的一切。"

第三十三夜

"我喜欢孩子，"月亮说，"尤其是幼儿——他们太好玩了。有时，当他们没有想起我的时候，我会透过窗帘和窗框间的缝隙窥视他们的房间。他们穿衣、脱衣的情景给我增添了许多乐趣。首先从衣服里露出来的是小孩儿光溜溜的、浑圆的小肩膀，接着是胳膊。有时我能看到他们是如何脱袜子的，先露出来的是一段白嫩嫩的小腿，然后是白胖胖的小脚丫，让人想亲吻一下。我真的吻了一下。

"不过，我要告诉你的是，今晚，我的月光透过一扇窗户照进了一间屋子。屋里没有拉窗帘，因为对面没人居住。我看见了一群小家伙，他们是一家子。其中有一个小女孩，虽然只有四岁大，可是她却能像哥哥姐姐一样诵读祷文。每晚，母亲都会坐在她床边，听她祈祷，再给她一个吻。母亲一直坐在床边陪她，等到她闭上眼睛入睡后才会离开。

"今晚，两个大孩子有点吵闹。穿着长长的白色睡袍的孩子在玩单脚跳的游戏。另一个站在椅子上，椅子上堆满了其他孩子的衣服，他宣称自己是一座希腊雕像。第三个和第四个孩子小心地把干净的亚麻布放进一个箱子里，这是家里的规矩。母亲坐在最小的孩子床边，让别的孩子安静点，因为小妹妹要念祈祷文了。

"我的光芒越过屋内的灯火，照到了小女孩床边。她躺在整洁的白色被子下面，双手庄严地叠在一起，小脸上满是肃穆的神情。她正在大声念诵《主祷文》。可是，念到一半的时候，母亲打断了她。'怎么回事？'母亲问，'你祈祷上帝赐予我们每日食物的时候，总是加了一句什么话，我没有听清楚。你得告诉我你说的是什么。'小女孩默默躺着，不好意思地望着母亲。'你加了一句什么话？''妈妈，你别生气，我就多加了一句，请上帝在面包上多添点黄油。'"

小意达的花儿

"我那些可怜的花儿都枯死了！"小姑娘意达叹息道，"昨晚它们还是那么美丽，现在却垂下了所有的花瓣。它们这是怎么了？"她问坐在沙发上的那位学生。她非常喜欢他，他会讲好多动听的故事，还会剪出好多漂亮的剪纸。他能剪出心形的图案，里面还有个跳舞的小女孩，或者是花朵和城堡的图案，城堡里还有一扇能打开的门呢。他真是个了不起的学生。

　　"我的花儿今天看上去怎么没精打采的呢？"小姑娘又问，她把手里那束已经枯萎的花拿给学生看。

　　"你知道它们做了什么吗？"学生说，"昨晚它们都去参加舞会了，所以今天才没精打采地低着头。"

　　"可是，花儿是不会跳舞的呀！"小意达叫道。

　　"不，它们会的，"学生说，"等到天黑以后，我们都睡着了，花儿们就会欢快地跳起来。几乎每晚它们都要开一场舞会。"

"没有小孩子参加舞会吗？"

"当然有了，"学生说，"小雏菊和小铃兰花都去了。"

"这些美丽的花儿们在什么地方跳舞呢？"小意达问。

"你不是常到城外去吗？那儿有座巨大的城堡，那是国王的夏宫。夏宫里有座美丽的花园，里面鲜花盛开。你看到过园子里的天鹅吧。要是你给它们面包屑，它们就会游到你身边。盛大的花儿舞会就是在那里开的，相信我。"

"我昨天和妈妈去过那座花园，"意达说，"可是，园子里树叶都落了，也看不到一朵花儿的影子。它们到哪儿去了呢？夏天我可是看到过许多花儿的呢。"

"它们都在城堡里呢，"学生回答，"你要知道，只要国王和王室成员一回城，花儿们就会从园子里跑进城堡，欢快极了。你真该瞧瞧当时的场景，最美丽的两朵玫瑰坐在王座上，成了国王和王后。所有红色鸡冠花都垂立在花王和花后两旁——它们是宫廷侍从。美丽的花儿们全都来了。这是一场盛会。蓝色的紫罗兰就是小海军军校学生，它们和风信子、番红花一起跳舞，还称对方为年轻的小姐。郁金香和大卷丹百合像是老太太，它们负责监督，保证舞会顺利进行，提醒大家举止得体。"

"可是，"小意达说，"没有人干涉在城堡里跳舞的花儿们吗？"

"没人知道这件事情，"学生答道，"当然，有时，城堡

51

的老管家晚上会来夜巡，他得照看好城堡。不过，他身上带着一大串钥匙，花儿们一听到钥匙的声音就安静下来，藏到落地窗帘后面，只悄悄探出头来。老管家会说：'我闻到这儿有花香'，可他看不到花儿们。"

"太棒了，"小意达高兴地拍着手说，"那我能看见花儿吗？"

"你看得见的，"学生说，"只需记住一点，等你再去城堡的时候，要从窗户外面偷偷往里面看，这样你就会看见它们了。我今天就是这样看到花儿们的。一朵黄色百合正躺在沙发上，舒展着长长的身子，它把自己假想成一位宫廷贵妇了。"

"植物园里的花儿也能去城堡吗？它们能走那么远吗？"

"当然能，"学生回答，"要是它们乐意，它们还能飞起来。你难道没有见过漫天飞舞的彩蝶吗？它们看起来就像花儿，因为它们曾经就是一朵朵花儿。它们离开了花枝，高高地在空中飞舞，拍打着花瓣，仿佛那片片花瓣就是自己的翅膀，于是，它们真的飞了起来。因为它们美丽的外表，所以也能在白日里飞翔，不用再飞回枝头，呆呆地立在花枝上了。最终，它们的花瓣变成了真正的蝶翼。你也许已经亲眼见过蝶翼了。不过，植物园里的花儿也许从未去过国王的城堡，也许，它们压根儿不知道城堡的欢舞之夜。所以，我教你一件事，准会让住在我们附近的植物学教授十分惊讶的。你认识这位教授，对吧？你要是到他的花园去玩，一定要告诉那里的某朵花儿，城堡里有个盛大舞会。这个消息会传遍整个花园，花儿们都会飞到城堡去。等教授走进花园，他会发现，园子里一朵花都没有了。他就是绞尽脑汁也想不出来，花儿们跑到什么地方去了。"

"可是，花儿怎么会传话呢？你知道，花儿是不会说话的。"

"它们当然不会讲话，"学生说，"不过，它们是会做动作的。你不是见过这样的情景吗？微风吹过，花儿们会冲彼此点点头，还会舞动枝条上的绿叶。这是它们都懂得的花语，就像人们在谈话一样。"

"教授也懂花语吗？"小意达问。

"当然啰。有天清晨，他走进花园，看见一棵大荨麻在用花语赞美一朵漂亮的红色康乃馨：'你太美了，我好爱你'。可是，教授不喜欢听到这些话，便径直拍了拍荨麻的枝叶，因为这是荨麻的手指。可荨麻刺到了他的手，从此，他再也不敢碰荨麻了。"

"哈哈，太有趣了。"小意达笑着说。

"你怎么能给小孩子灌输这样的奇谈怪论？"坐在沙发上的一位枢密顾问官不满地说。他是来拜访这家的主人的，样子看起来有些疲惫。这位枢密顾问官不喜欢这个学生，一看到他在剪滑稽可笑的剪纸，总是会唠叨一番。学生的剪纸有时是一个绞刑架上的男人，手里还捧着一颗心，表示他偷走过许多人的心；有时又是一个骑着扫帚的老巫婆，巫婆的丈夫坐在她的鼻子上。顾问官无法忍受这些古怪的东西时，就会像现在一样说："你怎么能给小孩子灌输这样的奇谈怪论？都是些愚蠢的幻想！"

不过，对小意达来说，学生给她讲的花儿的故事太有意思了，让她浮想联翩。花儿低下头，那是因为它们跳了整整一夜的舞，累了，当然会病恹恹的了。于是，她把花儿拿到别的玩具面前。她的玩具都放在一张漂亮的小桌子上，桌子的抽屉里塞满了各种好玩的宝贝。玩具娃娃苏菲躺在它的床上睡着了，可是小意达还是在对它说话："苏菲，今晚你真的得起来，到抽屉里过夜。可怜的花儿生病了，它们要在你的床上躺躺，也许这样，它们就会好起来了。"

于是，小意达马上拿起玩具娃娃苏菲。虽然苏菲看上去很不高兴，却没有说一句话，它生气是因为自己的床被别人占了。

小意达把花儿放到苏菲的床上，为它们盖好小被子，告诉它们要安静休养，她会给它们煮点茶，它们很快就会康复，明天就可以下床了。小意达把小床四周的床幔拉上，遮得严严实实的，这样，阳光就不会让花儿觉得刺眼了。

小意达整晚都在思索学生说的那些话。等她要上床的时候，她忍不住先望了望拉拢的窗帘后面，那里放着母亲的漂亮花儿——风信子和郁金香。她对花儿们轻声说："我知道你们今晚要去参加舞会！"可是，花儿们一动不动，仿佛没有听懂她的话，不过，小意达知道自己说对了。

小意达躺在床上，久久不能入睡，心里想着，要是能亲眼看看国王城堡的花儿舞会就好了，那该是件多美妙的事啊！"不知道我家的花儿是不是真的去参加舞会了。"想着想着，她就睡着了。半夜，小意达醒了，因为她梦到了花儿们，还梦到了被顾问官责难的那个学生。小意达的卧室里安静极了，桌上还亮着一盏夜灯，她的父母都已经睡下了。

"不知道我的花儿是不是还躺在苏菲的床上呢。"她心中暗想，"我真该去瞧瞧！"她微微抬起身子，看看那扇半开的房门，花儿和她所有的玩具都在门外。她听了听，好像听到有人在隔壁房间弹钢琴，琴声柔和优美，似乎是她从未听过的曲子。

"这会儿，所有花儿一定都在那里面跳舞呢！"她想，"噢，我真该去瞧瞧！"可是，她不敢起身去瞧，因为这样会惊动她的父母。

"它们要是能进来就好了！"小意达心想。不过，花儿们没有到屋里来，悠扬的琴声还在飘荡。这舞曲太优美了，她再也按捺不住了，偷偷下了小床。她悄悄走到门口，探头朝外面的房间望去。天哪，她见到的场景真是太迷人了！

屋里没有灯，却非常明亮：月光透过窗户照进屋子，将整个房间照得亮如白昼。所有的风信子和郁金香站成两行，窗户边没有一朵花儿留下，只剩下空空的花盆。站在地板上的花儿们正一对对翩翩起舞，组成了一支完美的舞队，它们旋转的时候，会握住舞伴长长的绿叶。钢琴旁坐着一朵高大的黄色百合，小意达夏天里曾见过它，因为她还记得学生说过："这朵花儿多像莉娜小姐啊！"所有人都嘲笑他的这个比喻。可是现在，在小意达看来，这朵长长的黄色百合看起来真像那位年轻的小姐，尤其是弹琴的姿势——黄色的狭长面孔时而偏向一边，时而又偏向另外一边，和着迷人的乐曲点着头。没有人注意到小意达。她看到一朵大大的蓝色番红花跳到了放玩具的桌子中央，来到玩具娃娃床边，拉起了床幔。床上躺着那些生病的花儿，它们立刻站起身，朝其他花儿点点头，仿佛在说它们也想跳舞。那个扫烟囱的旧玩偶虽然下唇有点残破，但它也站了起来，对美丽的花儿们鞠躬致意。花儿们现在看起来没有一丝病容，它们跳到大伙儿中间，快活极了。

这时，好像有东西从桌上掉了下来。小意达仔细一看，原来是一根狂欢节用的桦木条跳下来了！看样子它也想加入花儿们的舞会，至少它是很灵巧的。它身上还坐着一个小蜡人，蜡人戴着一顶宽边帽，就像顾问官戴的那种。桦木条用三条红色的木腿跳到花儿们中间，重重地跺着脚。它跳的是玛祖卡舞[1]。别的花儿不能跳这种舞，因为它们身子太轻盈了，无法像它一样跺脚。

突然，桦木条上的蜡人变得又高又大，朝着纸花扑过去，嘴里喊道："你怎么能给小孩子灌输这样的奇谈怪论！"蜡人

1　玛祖卡舞：波兰的一种节奏轻快的舞蹈。

简直就是戴着宽边帽的顾问官化身，脸色也像他一样发黄、愤怒。不过，纸花们踢了踢蜡人细瘦的双腿，他就缩成一团，又变回了安静的小蜡人模样。这段插曲太滑稽了，小意达也忍不住大笑起来。桦木条继续跳舞，顾问官也只得跟着一起跳，无论他变得多么高大，仍旧只是戴着大黑帽的小小黄色蜡人，都得跟着桦木条一起跳舞。后来，其他花儿，尤其是在玩具床上休息过的花儿们，替他说了几句好话，桦木条才停了下来。这时，抽屉里响起一阵响亮的敲打声，小意达的玩具娃娃苏菲就躺在里面，抽屉里还有许多其他玩具。扫烟囱的玩偶跑到桌子边缘，趴在桌上，把抽屉拉开一点点。苏菲弹坐起来，吃惊地环顾着四周。

"这儿肯定是在开舞会，"她说，"怎么没人告诉我呢？"

"你愿意和我跳舞吗？"扫烟囱的玩偶问她。

"你还算得上一个好舞伴。"苏菲答道，随后便转过身子背对着他。

她坐在抽屉上，心想，会有花儿过来邀请自己跳舞的，于是，她故意轻轻咳嗽了几声，可还是没有花儿过来。扫烟囱的玩偶正独自跳舞，舞姿还不错。

因为没有一朵花儿注意到苏菲，她便从抽屉上摔下来，啪的一声，重重摔在了地板上。花儿们全都跑过来，问她是否受伤。它们，尤其是在她床上躺过的花儿们对她彬彬有礼。好在苏菲毫发无伤，小意达的花儿们纷纷感谢她，因为它们借用过她漂亮的小床。它们非常友善，把苏菲带到屋子中间月光明亮的地方，和她一起跳舞。其他的花儿也围了一个圈儿，簇拥着苏菲。苏菲高兴极了。她告诉花儿们，自己不介意躺在抽屉里，它们可以继续用自己的床。

然而，花儿们却说："感谢你的好意，可是，我们活不长了。明天，我们就会死去。不过，请转告小意达，让她把我们埋在花园里，就在埋金丝雀的地方。明年夏天，我们又会开出花来，花朵会比从前更鲜艳。"

"不，你们不能死。"苏菲边说边亲吻着花儿们。

这时，门开了，一大群美丽的花朵跳着舞涌进来。小意达猜不出这些花儿来自何方，一定是国王城堡那边来的花儿吧。走在队伍前面的是两朵艳丽的玫瑰，头上还戴着小小的金冠，它们肯定就是花王和花后。走在花王、花后身后的是美丽无比的紫罗兰和康乃馨，它们对着大家鞠躬致意。它们有一支随行乐队，大大的罂粟花和牡丹花用力吹着豆荚，脸都涨红了。蓝色风信子和小小的白色银花莲一路叮当作响，仿佛它们身上长着铃铛似的。这样的乐曲真是美妙！随后，又走进来许多花儿。有蓝色的紫罗兰和粉色的报春花，还有雏菊和铃兰，它们都在跳舞。花儿们互相亲吻。多美的画面啊！

最后，花儿们互道了晚安，小意达也偷偷溜回床上。她又梦见了自己目睹的奇妙舞会。

第二天早晨，小意达起床后便飞奔到小桌边，想看看花儿们是否还躺在那里。她拉开玩具小床的床幔，花儿们还在床上，不过，与昨天相比，它们憔悴了许多。苏菲还躺在抽屉里，是小意达把她放在那里的，她脸上还是一副睡眼蒙眬的样子。

"你还记得你要对我说什么吗？"小意达问她。

可是，苏菲看起来傻乎乎的，一句话都没有说。

"你实在太不应该了！"小意达说，"它们还和你跳过舞呢。"

于是，小意达拿起一个小纸盒，盒子上印着许多美丽的鸟儿。她打开盒子，把枯萎的花儿们放了进去。

"这就是你们漂亮的棺材，"她说，"等我挪威的表兄来看我的时候，他们会帮我把你们埋在外面的花园里面，那样你们明年夏天又可以长出来，变成比从前还美丽的花儿了。"

挪威的表兄是两个聪明的男孩子，一个叫乔纳斯，另一个叫阿道夫。两人的父亲送过他们两把崭新的弓，他们带来给小意达看过。小意达告诉了表兄这些枯死的花儿的故事，他们便来为花儿们举行葬礼。这两个男孩子走在前面，背上背着弓，小意达跟在后面，手里捧着装着花儿的漂亮纸盒。他们已经在花园里挖好了一个小小的墓穴，小意达先亲了亲花儿，然后便把装它们的纸盒放进了墓穴里。乔纳斯和阿道夫在墓穴上方用弓射箭致意，代替葬礼上应该鸣放的礼炮。

坚定的锡兵

从前，有二十五个锡做的士兵，他们亲如兄弟，因为他们是用同一把旧的锡汤匙铸成的。这些锡兵肩上都扛着步枪，双眼都直视前方。他们身着红蓝两色的军服，英姿飒爽。他们原本被装在一个盒子里，当盒子的盖子被揭开，他们在这世上听到的第一句话便是："锡兵！"这两个字是一个小男孩说的，他正在拍手欢呼，锡兵们是他得到的生日礼物，他把他们摆放在桌上。每个士兵都一模一样，只有一个稍有不同，他只有一条腿，因为他是最后铸成的，锡水不够了。不过，这个锡兵站得和其他锡兵一样笔直挺拔，只是他的故事后来与众不同。

　　锡兵们站立的桌子上还放着许多其他的玩具，其中最引人注目的是一个硬纸板做的漂亮城堡。透过小小的窗户，人们能够直接看到城堡的大厅。城堡前面有一些小树，它们围绕着一面小小的镜子。这镜子象征着一个湖，湖水清澈。几只蜡制的天鹅正在湖上游泳，湖面留下了它们的倒影。这一切真是美极了。不过，其中最美的是一位小姐，她正站在城堡敞开的大门外面。她也是纸板做的，可是，她身上穿着一件精致的纱裙，肩上披着一条窄窄的蓝色缎带，看上去像是一条围巾，缎带的中央镶着一朵亮闪闪的玫瑰，这朵玫瑰和她的脸差不多大。这位小姐是个舞者，因此摆出了一个舞蹈动作。她张开了双臂，将一条腿高高抬起。锡兵看不见她高抬的那条腿，便以为她和自己一样，也只有一条腿呢。

"她倒是适合做我的妻子，"这个锡兵想，"可是，我怕是高攀不上。她住在城堡里，我住在盒子里，还和二十五个人住在一起，没有给她住的地方。不过，我可以试着和她交个朋友。"

于是，他在桌上的一个鼻烟盒后面躺了下来，从那里他可以看到这位娇美的小姐。她仍然用一条腿站着，身体并没有失去平衡。

夜幕降临，别的锡兵都被放回了盒子里，屋里的人也都上床睡觉了。这时，玩具们玩起了"过家家""打仗"和"开舞会"的游戏。盒子里的锡兵们敲打着盒盖，因为他们也想出来玩，可惜盖子打不开。胡桃夹子翻起了筋斗，铅笔在桌上自娱自乐地乱写，它们的动静太大，吵醒了金丝雀，它也开始叽叽喳喳，出口成诗。只有两个人纹丝不动，他们便是那个锡兵和跳舞的小姐。她仍然保持着一只脚的脚尖点地，展开双臂的样子；锡兵还是用一条腿站着，他的视线没有离开过跳舞的小姐。

这时，钟敲了十二下。突然，砰的一声，鼻烟盒的塞子飞了出去，盒子里却没有鼻烟冒出来，只有一个黑色的小妖精出现在眼前，这是它耍的花招。

"锡兵！"小妖精说，"你要管好自己的眼睛，不准乱看！"

可是，锡兵假装没有听到它的话。

"你明天等着瞧！"小妖精气呼呼地说。

第二天早晨，孩子们都起来了，他们把锡兵们放到了窗台上。不知道是小妖精捣鬼还是妖风作怪，窗户猛地被吹开了，那个锡兵头朝下，从三楼掉了下去，真是太惨了！他的腿伸向天空，身子插在头盔里，刺刀卡在路面的石板缝里。

女仆和小男孩马上下楼来找锡兵，尽管他们差点踩到他，却还是没发现他的踪影。要是锡兵能大喊一声"我在这里"，他们便会看到他了，可是，他认为大喊大叫有损军人形象，便没有出声。

天空开始下起雨来，雨点越来越密，最后变成了一场倾盆大雨。雨过天晴，有两个男孩子走过这条街。

"快看！"其中一个男孩说，"地上躺着一个锡兵，我们让他去航行吧。"

于是，两个男孩子用报纸折了一艘船，把锡兵放到纸船中间，让船顺着水沟漂流，他们在一旁跟着跑，高兴得直拍手。可水沟里起了大浪，水流速度多快啊！纸船在水沟里上下颠簸，有时被水流推得飞快旋转，锡兵也跟着船摇摇晃晃，可是，他依然面不改色，沉着镇定，扛着他的步枪，直视着前方。

突然，纸船掉进了一条长长的下水道，里面漆黑一片，就像装锡兵的那个盒子里一样。

"我会被带到哪儿去呢？"锡兵心想，"是的，这都是那个小妖精捣的鬼。啊！要是那位跳舞的小姐也和我一起坐在这艘船里就好了，哪怕再黑我也不会在乎。"

忽然，下水道里跑来一只水老鼠，它是这里的常客。"你有通行证吗？"水老鼠问锡兵，"把你的通行证给我瞧瞧。"

锡兵一言不发，只是把步枪抓得更紧了。

纸船继续漂流，可是水老鼠还一路紧跟着。天哪！它一副龇牙咧嘴的样子，对着下水道里的一些稻草和木头大喊："拦住他！拦住他！他没有交过路费，他没有通行证！"

然而，水流湍急，纸船漂得飞快，锡兵都能看见下水道尽头的亮光了。不过，他还听到了一阵雷鸣般的声音，胆大的人都会被这声音吓到。想想吧，下水道的尽头居然与一条大运河相连，水流会冲进大运河。这对锡兵来说真是危险极了，就像我们普通人被冲进了瀑布一样。

现在，纸船马上就要到下水道尽头了，锡兵来不及阻止，纸船便冲进了运河。可怜的锡兵尽量挺直腰板，没人能知道他是否眨了眼。纸船在水流中旋转了三四圈，船里进了水——船要沉了。水已经漫到了直立着的锡兵的脖子处，船慢慢下沉，报纸也慢慢散架了。这会儿，水已经没过了锡兵的头。他想到了那位娇美的、跳舞的小姐，他再也见不到她了，锡兵的耳边响起这样的话："永别了，永别了，这位勇士，今天你唯有一死！"

纸船四分五裂，锡兵落入水中。就在此刻，一条大鱼把他吞进了肚里。

哦！鱼肚里面漆黑一团，比下水道里还要黑暗，也比下水道更窄！可是，锡兵还是一动不动，身体挺得笔直，牢牢扛着他的步枪。

这条大鱼在水中游来游去，动作非常剧烈，突然又变得安静了。最后，一道光线刺穿了鱼的身体，犹如一道闪电。锡兵看到了明亮的阳光，他听到一个人说："是锡兵！"原来，这条大鱼被人捉住，送进了市场，又有人买下了它，将它带回了厨房。厨娘用一把大刀剖开了鱼肚，发现了锡兵。她用双手握住锡兵，把他带进房间，房间里的人们都急于看看这个了不起的锡兵，他在鱼肚里面进行了一次长途旅行。不过，锡兵的脸上没有露出丝毫骄傲的神情。人们把锡兵放在桌子上。天哪！世上的事情是多么奇妙！锡兵发现自己又回到了原来曾待过的那个房间！他看见原来的那些孩子，原来桌上的那些玩具，还有那座美丽的城堡，以及城堡前优雅的、跳舞的小姐。她仍旧用一条腿站着，另一条腿高高在空中扬起。她也如从前一样坚定。锡兵被打动了，差点要流出锡泪来，可是，他忍住了——坚定的军人不能流泪。两人看着彼此，没有说一句话。

这时，一个小男孩突然拿起锡兵，把他扔进了火炉。小男孩没有解释这样做的原因，这肯定又是鼻烟盒里的小妖精在捣鬼。

　　锡兵坚定地站在炉子里，他感受到一阵可怕的热度。不过，这热度到底是来自身边的火焰，还是来自他心中的爱情呢？他不知道。他身上的颜色已经褪去许多。不过，这是在长途旅行中褪去的，还是由于悲伤褪去的，没有人知道。他看着跳舞的小姐，她也看着他。他感到自己正在熔化，可是，他依然坚定地站着，扛着他的步枪。这时，房门猛地被打开，一阵风儿托起了跳舞的小姐，她就像空气精灵一般飞到了火炉里，飞到了锡兵身边，化为一阵火焰，消失无踪了。此刻，锡兵已经化成了一个锡块。第二天，女仆来倒火炉里的灰烬，发现锡兵已经变成了一个心形的锡块。至于那位跳舞的小姐，她只留下了那朵亮闪闪的玫瑰，玫瑰也被烧得如煤炭般漆黑。

夜莺

你们知道吗，中国的皇帝是一个中国人，他身边的人也都是中国人。这个故事发生在很久很久以前，因此在众人遗忘它之前，我们最好来回味一番这个久远的故事。这位皇帝的宫殿是世上最辉煌的建筑，全都用精美的瓷砖建成，造价昂贵。然而，这些瓷砖太精贵、太脆弱了，哪怕摸一摸它们都要分外小心。皇帝的御花园里种着许多名贵的花木，最珍贵的花木上都系着银铃，铃声会提醒过往的人们留心，以免碰到了它们。皇帝御花园里的一草一木都布置得精妙无比，园子很大，连园丁都不知道花园的尽头在何处。要是有人在御花园里行走，他会看到森林里参天的大树和幽深的湖泊。园子里的树林一直延伸到海边，湛蓝深远的大海上有一些巨船，它们在树下航行。大树上住着一只夜莺，它的歌喉婉转动听，每日劳累奔波的穷苦渔民晚上出来收渔网的时候，都会停下来静静聆听它的歌声。

"夜莺的歌声太美了！"渔民赞叹道。可惜，他还得去操劳生计，很快便忘了这美妙的声音。不过，第二天晚上，夜莺又开始歌唱了。渔民听到了，再次赞叹："这歌声太美妙了！"

京城里有来自世界各国的旅行者，他们都喜欢上了京城和皇宫，还有御花园。不过，当听到夜莺的歌声时，他们都一致认为："这才是最美的！"

旅行者们回到自己的故乡后便谈起此事，许多学者便据此撰写了关于这座京城、皇宫和御花园的书籍。不过，他们都没有忘记夜莺，在书中对它的歌声赞不绝口。诗人们也写下大量诗句，来赞美湖边树林里的夜莺动人的歌喉。

这些书籍在世上广为流传，其中一些传到了皇帝手里。他坐在龙椅上，读了一遍又一遍，不时点头称是，因为书里关于京城、皇宫和御花园的描写让他非常高兴。"不过，夜莺的歌声比什么都美。"书里出现了这句话。

"这是什么意思？"皇帝叫道，"为何我不知道这只夜莺的存在？！我的王国、我的御花园里有这样一只鸟儿吗？闻所未闻。想想看，我竟然是从书里第一次得知此事！"

于是，他传召来一位侍臣。这位侍臣位高权重，十分威严，职位低下的大臣根本不敢和他说话。要是问他问题，他的回答只有一个字"呸"。这个字毫无意义。

"据说，有只叫夜莺的鸟儿，它的歌声非常美妙，"皇帝说，"人们说，它是我的国家里最珍贵的东西。为什么我从来不知道此事呢？"

"我也从未听过这样的名字，"侍臣答道，"没有人向宫廷进贡过此物。"

"我命令你，今晚便要让它出现在我面前，让它为我歌唱，"皇帝说，"全世界都知道我拥有它，我自己却从没见过它！"

"我从没听人提到它，"侍臣回答，"我会去找它的，我一定会找到它的。"

然而，他要上哪儿才能找到夜莺呢？侍臣跑上跑下，找遍了大大小小的殿堂和处所，可是，他所遇到的人没有一个听说过夜莺的。于是，侍臣便返回皇帝身边，对皇帝说，这只夜莺一定是写书的作者杜撰出来的。

"陛下不能听信书中的谬论，那都是些无稽之谈，就像那些妖术一样。"

"可是，我读的这本书是威武的日本天皇送来的，"皇帝说，"这不可能是杜撰出来的。我要听夜莺的歌唱！今晚它必须出现在我面前！这是我的旨意，要是你们找不到它，那么晚饭后，宫里的所有人都要挨一顿板子！""喳！"侍臣说。随后，侍臣又在皇宫里跑来跑去，找遍了每个角落，宫里的仆从也跟着他一起寻找夜莺，因为他们都不想挨板子。

他们四处寻访这只举世无双的夜莺。全世界都知道这只鸟儿，只有宫里的人不知道。

最后，他们遇见了一个在厨房里打杂的小姑娘，她说："夜莺？我当然知道了，对，它的歌声美极了。每天晚上，我都要给我那生病的可怜母亲带些剩饭回去，她就住在海边。我回去的时候总是很疲倦，就会在树林里歇一会儿，这时我就会听到夜莺的歌唱。听到它的歌声，我的眼里便会涌出泪水，仿佛是得到了母亲的亲吻！"

"小姑娘，"侍臣说，"我会为你在厨房里谋个职位，还可以让你看看皇上用膳的过程，前提是你要带我们去找夜莺，因为皇上今晚就要见到它。"

于是，他们一起来到夜莺唱歌的树林，宫里的人出动了一半。途中，他们听到了一声牛叫。

"哦！"一个宫廷侍卫喊道，"我们找到夜莺了！这种小动物的叫声是多么响亮啊！我从前是听到过的。"

"不对，那是母牛的叫声！"厨房里的小女佣说，"我们离树林还远着呢。"

这时，沼泽里的青蛙开始呱呱叫起来。

"真好听！"宫廷里的一位祭司感叹道，"我听见了，这夜莺的歌声就像庙里的小铃铛发出的声音。"

"不对，那是青蛙在叫！"厨房里的小女佣说，"不过，我想我们马上就能听到夜莺的歌声了。"

此时，那只夜莺开始歌唱。

"就是它！"小女佣高兴地叫道，"听听，听听！它唱得多好听啊。"

小女佣手指着树枝上的一只灰色的小鸟儿。

"你肯定是它吗？"侍臣说，"我从来没想到它会是这般模样！它看起来太平凡了！它一定是看到这么多重臣围着它，吓得羽毛褪色了。"

"小夜莺啊！"厨房里的小女佣高声对它喊，"我们圣明的皇上想请你到他面前去唱唱歌。"

"我非常乐意！"夜莺答道，一展动听的歌喉。

"这歌声听上去就像有人敲响了琉璃铃铛！"侍臣说，"瞧瞧它那细细的喉咙，真不知道它是怎么唱出来的！这声音简直是天籁，我们闻所未闻。这只鸟儿一定会深受皇上的宠爱。"

"我要在皇上面前再唱一遍吗？"夜莺问。它以为在场的众人中就有皇上。

"我最可爱的小夜莺啊，"侍臣说，"我将荣幸地邀请你参加今晚的宫廷聚会，届时陛下一定会为你美妙的歌声而着迷的。"

"我的歌声在树林里听起来才是最美妙的！"夜莺回答。不过，当它得知皇帝希望它到宫廷去时，它还是表示乐意前往。

皇宫装饰得金碧辉煌，宫墙和地板都是瓷砖造的，在金色的宫灯照耀下闪着耀眼的光芒。皇宫的走廊上摆放着那些最为名贵的花木，它们的枝条上还系着银铃。宫人们来来往往，穿梭不停，弄得那些银铃响个不停，淹没了人们的谈话声。

皇帝坐在大殿中间，一根金色的栖木放在殿堂里，这是供夜莺栖息的。宫廷里的人都来了,厨房里的小女佣得到许可,站在门后,因为她现在已经真正成为御膳房中的一员了。所有人都穿戴整齐,看着这只灰色的小鸟,皇帝冲着它点了点头。

于是,夜莺便开始歌唱。它的歌声如此动人,以至于皇帝的双眼都噙满了泪水,眼泪顺着他的脸颊滑落下来。夜莺的歌声越来越悠扬婉转、动人心魄。皇帝听得非常入迷,下令把他的金拖鞋挂在夜莺的脖子上以示奖励。不过,夜莺谢绝了这一赏赐,它说自己已经得到了丰厚的回报。

"我已经看到皇上眼里的泪水,对我来说,那是一笔真正的财富。一位帝王的眼泪具有特殊的力量。我得到了丰厚的回报!"夜莺又用婉转的歌喉唱起来。

"这是我见过的最迷人的一幕!"站在一旁的侍女们说。随后,当她们和别人说话的时候,便故意弄些水在嘴里,以为这样便能模仿出夜莺的声音。男女仆人们都在赞美夜莺的歌声,这可是一件稀罕事,因为他们是最挑剔的人。总而言之,夜莺在皇宫里取得了巨大的成功。

夜莺从此便住在了宫里,它有自己的笼子,白天可以自由出去两次,夜里可以出去一次。夜莺外出的时候,有十二个仆人跟随伺候,每个仆人都用一根丝线系在夜莺的腿上,并把丝线握得紧紧的。这样的出游并不愉快。

京城里上上下下都在谈论这只神奇的鸟儿。两个熟人在街上相遇,一个只需要说"夜",另一个就会接"莺",然后两人叹口气，都明白对方的心思。有十一个小贩都给自己的孩子取名为"夜莺"，不过，其中没有哪个孩子能唱出一个音符来。

一天，皇帝收到了一个大大的包裹，上面写着"夜莺"二字。

"一定又是一本关于这只神鸟的书籍。"皇帝说。

然而，包裹里不是一本书，而是一个盒子，里面装着一件小小的艺术品——一只人造的夜莺。这只夜莺能像真的夜莺那样唱歌，它的全身镶满了金银珠宝。只要给人造夜莺上好发条，它就可以唱出一首真夜莺唱过的曲子，同时，它的尾巴还会上下活动，散发出炫目的光芒。在这只夜莺的脖子上系着一根细细的丝带，上面写着这样一句话："日本天皇的夜莺远远逊色于中国皇帝的夜莺"。

"这真是巧夺天工的艺术品！"所有人都为之惊叹。于是，送这只人造夜莺来的使者便获得了"皇家首席夜莺使者"的封号。

"让两只鸟儿一起歌唱吧，那会是多么神奇的事情啊！"

因此，两只鸟儿开始合唱，不过，歌声却不尽人意，因为真正的夜莺可以随心所欲演唱，而人造夜莺只会唱那一首曲子。

"这不是它的错，"宫廷乐师说道，"它唱得很美妙，和我的风格相近。"

于是，这只人造夜莺便开始独唱了。它的歌声像真正的夜莺一般迷人，而且它的外表更为华丽，浑身珠光宝气。

它把同一首曲子唱了三十三遍，还不觉疲倦，人们听得也不累。可皇帝说，应该让真正的夜莺来唱唱了。可是，它在哪儿呢？没有人注意到，那只真正的夜莺早已飞出窗外，飞回绿色的森林里了。

"它这是什么意思呢？"皇帝问。

所有的臣仆都指责起真正的夜莺，谴责它是一只忘恩负义的鸟儿。

"幸好我们有了这只神奇的鸟儿。"大家都这么说。

接着，人造夜莺又开始唱起来，这是它第三十四次重复同一首曲子了。对众人来说，他们记不住这支曲子，因为它太难了。乐师再次对这只鸟儿赞不绝口。他声称，人造夜莺远远胜过了真正的夜莺，它不仅拥有绚丽的羽毛和浑身的珠宝，还有神奇的内部构造。

"各位先生女士，尊敬的皇帝陛下，你们请注意，你们永远猜不到真正的夜莺会唱出什么歌来，可是，人造夜莺就不同，它的一切都已经设置好了。我们可以解释清楚，我们可以打开它的身体，让大家明白曲子是怎么来的，又唱到了什么地方，一个部分和下一部分之间是怎么连接的。"

"我们正是这样想的。"大伙儿一致赞同。

于是，皇帝准许这位乐师在下个星期天向世人展示这只人造夜莺。皇帝说，老百姓也该听听这只鸟儿的歌声。百姓们真的听到了这只夜莺的歌唱，并且感到心满意足，就像是刚刚饮完一杯好茶一样。中国人都喜欢喝茶。他们还对着鸟儿评头论足，交口称赞。可是，曾经听过真正夜莺歌声的贫苦渔夫却说："这歌声听上去是很美，曲子也很像那只夜莺唱的，可是，好像还是缺了点什么。我也说不上来！"

真正的夜莺被整个王国遗忘了。那只人造的鸟儿却占据了皇帝卧榻旁的一块丝垫，它所得到的所有礼物都一一陈列在它旁边。那全是些金银珠宝。它还获得了"最佳皇家夜间歌唱家"的称号，而且是位列左边第一的歌唱家。在皇帝心目中，靠近心脏的左侧是最重要的，即便是皇帝本人的心脏也是靠近左侧的。乐师为人造夜莺写了一部长达二十五卷的书，这部书里包含的学问非常渊博，他是用最难懂的汉字写成这部长卷的。不过，所有人都声称自己读懂了此书，因为他们害怕被人嘲笑为蠢货而挨板子。

整整一年过去了，皇帝和全体臣民都熟悉了人造夜莺所唱曲子的每一个音符，不过，正因为如此，他们更喜欢它了——因为他们能和它一起歌唱，也乐于这样做。街上的孩子们嘴里都哼着"啦啦啦"的调子，皇帝自己也在这样唱。当然喽，这支曲子成了名曲。

然而，一天晚上，人造夜莺正唱得起劲，皇帝躺在床上听得入迷，夜莺的身体里面突然响起嘶的一声，有什么东西裂开了。噼啪一下，它体内所有齿轮都狂转起来，音乐停了。

皇帝立刻跳下床来，召来了他的御医。可是，御医又有什么法子呢？他们又找来一个钟表匠，他经过一番调查了解，又

78

捣鼓了半天，勉强把它修复了。可是钟表匠说，一定要小心使用这只鸟儿，因为它体内的齿轮已经磨损，再也不可能找到新的、能奏出同样音乐的齿轮来替换。一年里只能允许这只鸟儿唱一次，这样都算是太磨损齿轮了。听了这个消息，众人真是伤心极了。不过，钟表匠又说了一番话，话里充满了艰深的词语，他的意思是这只鸟儿还是和从前一样好——所以它当然是和从前一样好。

五年过去了，真正的悲哀降临到这片国土上。全国的臣民们都热爱的皇帝生病了，而且据说时日无多了。新的皇帝已经选好了，百姓们都来到大街上，向侍臣打听皇帝的病情。

"唉！"侍臣摇摇头答道。

皇帝躺在宽大的龙榻上，脸色苍白，浑身发冷。宫里的人认为他死了，便都跑去奉承新皇帝。男仆们跑到宫殿外面谈论此事，女佣们则利用茶余饭后的时间议论不停。皇宫四处都用布裹起来，好让皇帝听不到外面嘈杂的脚步声，因此，皇宫里非常安静，听不到声音。不过，皇帝还没有死，他只是面色惨白、浑身僵硬地躺在龙榻上。龙榻四周围着长长的天鹅绒床幔，床幔上装饰着重重的金色吊穗。高处的一扇窗户开着，月光洒在皇帝和人造夜莺身上。

可怜的皇帝几乎没有了呼吸，他的胸口仿佛压着一块巨石。皇帝张开双眼，看见死神就坐在自己胸口，头上已经戴上了他的金皇冠，一只手里握着皇帝的宝剑，另一只手里拿着他华丽的令旗。天鹅绒床幔的褶皱里冒出了许多奇形怪状的脑袋，有些样子奇丑无比，其余的看上去却相当可爱，样子和气。它们象征着皇帝所做过的坏事和好事。现在，既然死神已经坐在了皇帝的心口，它们便都钻出来看着皇帝。

"你记得这个吗？"它们一个个低声问道，"你记得那个吗？"它们问了许多事情，害得皇帝的额头都出汗了。

"我不知道！"皇帝回答。

"音乐！音乐！快点击鼓！"皇帝大呼，"好让我听不见它们说的话！"

可是，那些声音还是在继续。死神对这些脑袋说出的话点头表示赞同，就像一个普通的中国人一样。

"音乐！音乐！"皇帝还在喊，"小宝贝儿，乖乖鸟儿，快唱啊，快唱！我赐给你那么多金银财宝，还把我的金拖鞋挂在你的脖子上，你倒是快点唱啊，快唱！"

然而，那只鸟儿站在原地，一动不动，没人给它上发条，它就发不出声音来。死神用那双大而空洞的眼睛盯着皇帝，宫殿里一片死寂。

这时，突然从窗户那儿传来一阵极为美妙的歌声，唱歌的是那只娇小的夜莺。它正站在窗外的树枝上。它听说了皇帝眼下的惨状，便来唱歌安慰他，给他增添希望。在它的歌声中，那些鬼怪般的头颅变得越来越暗淡，血液又开始在皇帝虚弱的四肢里迅速流动起来。连死神听了夜莺的歌唱，也说："继续唱吧，小夜莺，继续唱！"

"可是，你能把手中的金宝剑给我吗？你能把漂亮的令旗给我吗？你能把皇帝的金皇冠给我吗？"

死神为了听夜莺的歌唱，交出了它索取的每一件宝贝。夜莺唱个不停，它在歌唱寂静的教堂墓地，那里有盛开的白玫瑰，还有接骨木在散发着芬芳，鲜嫩的青草上还挂着未亡人的泪珠。此时此刻，死神突然萌发出想看看自己花园的渴望，便化作一阵阴冷的白雾，飘出了窗户。

"多谢！多谢！"皇帝惊叹道，"你这只神奇的小鸟！我认识你。是我把你驱逐出我的王国，你却替我赶走了我卧榻旁的恶灵，除去了我心中的死神！我要怎样来报答你呢？"

"您已经报答过我了！"夜莺答道，"您第一次听我唱歌的时候，我从您的眼里收获过泪水——我永远不会遗忘。那才是能让歌唱家心花怒放的珍宝。不过，您现在好好睡吧，养足精神，我会再为您唱歌的。"

于是，夜莺又唱了起来，皇帝进入了甜美的梦乡。

啊！这一觉是多么甜蜜温柔啊！

阳光透过窗户照在皇帝身上，他醒来了，感觉神清气爽。仆人们一个都没有回来，因为他们以为皇帝已经去世了，只有夜莺还站在他身旁，为他歌唱。

"你一定要留下来一直陪着我，"皇帝说，"你可以尽情歌唱，我要把人造夜莺撕成碎片。"

"不，请不要这样做，"夜莺答道，"它一直在尽全力为您歌唱，您还是留着它吧。我不能在宫殿里筑巢居住。请您允许我在想来的时候才来。我会在傍晚飞来，站在窗外的树枝上，为您歌唱。这样可以让您得到快乐，也会让您深思。我会歌唱那些高兴的人，也会歌唱那些受苦的人。我会歌唱隐藏在您身边的善和恶。这只小小的鸟儿要飞远了，飞到贫苦的渔民身边，飞到农家的屋檐下，飞到每个住在远离您和您宫廷的人身边。我热爱的是您的内心，而不是您神圣的皇冠。我会飞来为您歌唱，不过您必须答应我一件事情。"

"我什么都答应你！"皇帝说着站了起来，自己披上了龙袍，用那把沉重的金宝剑压在胸口发誓道。

"您要答应我一件事：不要告诉旁人，您有一只小鸟会对您讲所有事情。这样的话，一切便会好起来。"

说完，夜莺便飞走了。

这时，仆人们走进来想瞧瞧死去的皇帝。他们呆立在那里，皇帝对他们说道："早安！"

柳 树 下 的 梦

小城科格的附近一片荒凉贫瘠。小城坐落在海边，风景优美。要不是它的周围全是平淡无奇的田野，离森林很远，它的景色还会更加优美。可是，人一旦习惯于安居某处，总会找到此地的可爱之处，哪怕是世上最迷人的地方与它相比也会有不如人意之处。在这座小城的最外围，有一条流入大海的小河。小河边有几处简陋的花园，我们得承认，夏天的时候，这里的景色非常宜人——这是两个小孩子的感觉。他们是邻居，常常穿过醋栗丛去找对方玩耍。

在一个小花园里，长着一棵接骨木树，在另一处花园里长着一株老柳树。这两个孩子，一个是女孩，叫乔安娜，另一个是男孩，叫克鲁德，他们尤其喜欢在柳树下玩耍。虽然这株柳树长在小河边，孩子们很容易掉进水里，大人们还是允许他们在这里玩耍。好在上帝总是眷顾着这两个小孩，要不然早就会有悲剧发生了。当然，孩子们自己也很小心，会远离河水。事实上，这个男孩很怕水，哪怕在夏天，别的小孩都跑到海里戏水，他也不会走进海中一步。因此，他总是受人嘲弄，但他只能默默承受这些冷嘲热讽。不过有一次，邻家小姑娘乔安娜梦到自己在乘船航行，克鲁德涉水而来，后来，涨潮了，海水先淹到他的脖子处，后来便淹没了他的头顶。自从小克鲁德听说了这个梦的内容，便再也无法忍受旁人说他怕水了。他常常提到乔安娜的梦，那是他的骄傲，不过他依然不会下水。

孩子们的父母都是穷人，经常互相来往。克鲁德和乔安娜总是在花园里或公路上玩耍。公路边的水沟旁长着一排柳树，柳树的树枝都被修整过了，样子并不美丽。不过，它们的作用可不是为了美化环境，而是为了实用。相比之下，花园里的那株老柳树要好看得多，所以孩子们总喜欢坐在树下。

小城里面有个大市场。赶集的日子里，大街上搭满了帐篷和货摊，货物有缎带、靴子等，包罗万象。市场上人来人往，熙熙攘攘。赶集的日子经常是阴雨天，每当这时人们就会闻到农民衣服上散发出来的怪味，不过，也会闻到蜜糕和姜饼的香味——有一个货摊专卖这些糕饼。最妙的是，这个卖糕饼的人每逢赶集的时候都会来，而且总是住在小克鲁德的家中。理所当然的，克鲁德会时不时地得到一点儿姜饼作为礼物。当然，乔安娜也有一份。不过，最让孩子们着迷的是卖姜饼的人装了一肚子的故事——连他家的姜饼也有故事。一天晚上，他给两个孩子讲了一个故事，这个故事让他们记忆深刻，永生难忘。因为这个原因，我们最好也来听听，好在这个故事不太长。

"柜台上摆着两块姜饼，"他说道，"一块姜饼是一个男子的模样，头上还戴着礼帽，另一块是一个女子模样，她头上没戴帽子，而是别着一片金树叶。他们的脸都印在姜饼的正面，好让顾客看得清楚——事实上，没有人会看姜饼的背面。姜饼男子的左侧有一块苦杏仁——这便是他的心，而姜饼姑娘则全身都是糕饼做的。他们都被作为样品摆在柜台上，放了很长一段时间。最后，他们相爱了，可是，两人都没有向对方表白，要是他们期待这段感情有结果的话，他们应该说出口才对。

"'他是男人，应该他先开口才对。'姜饼姑娘这样想。不过，她感到很满足，因为她知道自己的爱得到了回应。

"姜饼男子的想法却并非如此，男人总是这样的。他的梦想是变成一个真正的街头男孩，口袋里有四个便士，这样，他就可以买下姜饼姑娘，并一口将她吃掉。日复一日，他们躺在柜台上，慢慢地变得又硬又干，但姜饼姑娘的内心却越来越温柔娴静。

"'我能和他一起躺在同一处已经足够了。'她想。咔嚓一声，姜饼姑娘裂成了两半。

"'要是她知道我对她的爱，她就能多坚持一会儿了。'姜饼男子想。

"故事就这样结束了，不过，他们两人都还在这里，"卖姜饼的人最后说，"默默无声的爱情，毫无结果的爱情；他们的故事太传奇了。现在，我把他们送给你们吧！"说着，他把完整的姜饼男子送给了乔安娜，把破碎的姜饼姑娘送给了克鲁德。可是，两个孩子被这个故事深深打动了，谁都没有勇气去吃掉这一对恋人。

第二天，他们把两个姜饼带到了教堂的墓地，在教堂的墙边坐下来。墙上爬满了茂盛的常春藤，无论冬夏，藤蔓常青，犹如一张绚丽的挂毯。他们把两个姜饼放在绿叶间，在阳光下把姜饼人这段默默无言、没有结果的爱情讲给一群小孩子听。大家一致赞成这就叫作"爱"，因为这个故事十分动人。可是，等他们转头去看姜饼人时却发现，一个大男孩使坏，吃掉了破损的姜饼姑娘。孩子们为她痛哭了一场，然后决定，不应该让可怜的姜饼男子孤苦无依地留在世上，于是，他们便把这块姜饼也吃掉了，不过，他们绝不会遗忘这个故事。

两个孩子总喜欢在接骨木树旁和柳树下玩耍。小姑娘乔安娜有着银铃般的嗓子，她的歌声无比动听。克鲁德却对音乐一窍不通，不过，他能明白歌词大意，这就足够了。乔安娜演唱的时候，科格的人们，无论男女老少，甚至连铁匠铺老板娘都会驻足聆听。"这个小姑娘唱得太棒了。"富有的老板娘这样评价。

美好的时光总是短暂的，邻居不可能永远不搬走。小姑娘的母亲去世了，她父亲打算搬到哥本哈根去，在那里重新找个太太，因为他在那儿找到了一个好差事——替官员跑腿送信。邻居们恋恋不舍地分别，两个孩子哭成了泪人儿，好在父母们都答应每年至少通一次信。

克鲁德成了鞋匠铺的学徒，因为他已经是个大孩子了，不能再四处乱晃了。再说，他已经受过坚信礼[1]了。

啊！克鲁德多么希望能在某个节日到哥本哈根去看看乔安娜啊！可是，他只能待在科格。尽管科格离首都哥本哈根只有几十里的路程，他却一次也没有去过那里。不过，在天气晴朗的日子里，克鲁德从海湾望过去能看见远方的塔顶。在受坚信礼那天，他清楚地看到了大教堂的金十字架在阳光下闪闪发光。

啊！他是多么想念乔安娜啊！她是否也曾想到过他？是的，快到圣诞节的时候，她的父亲曾给克鲁德的父母写过一封信。信上说他们一家在哥本哈根过得不错，尤其是乔安娜，凭借着优美的嗓音，会拥有辉煌的前程。她已经和一家歌剧院签下了合同，开始自己挣钱了。她从自己的所得中拿出一块钱，作为圣诞礼物送给亲爱的邻家伙伴克鲁德。她在信中附言道：希望他们也祝她健康。此外，她还写道："请替我向克鲁德送上亲切的问候。"

克鲁德一家人感动得哭了起来，不过这是一封令人高兴的

1　坚信礼：一种基督教仪式。根据基督教教义，孩子在一个月时受洗礼，十三岁时受坚信礼。孩子只有被施坚信礼后，才能成为教会正式教徒。

信，他们洒下的是欢乐的泪水。从此，克鲁德每天都把心思放在乔安娜身上，他知道对方也在想念自己。离他结束学徒期的日子越来越近，他也倍加思念乔安娜了。"她一定会成为我的妻子。"每当他想及此，嘴角便会露出微笑，缝鞋子的手也就加快了速度，脚也紧紧地抵着膝盖上铺的皮垫子。缝鞋时，锥子扎到了他的手，他却并不在意。他下定决心，绝不像那对姜饼恋人一样不开口表达爱意。他从这个故事中得到了很好的教训。

终于，他出师了，成了一个做皮鞋的匠人。他打好背包，准备远行。这是他人生中第一次出远门。他要去哥本哈根，他已经在那儿找到了活儿干。乔安娜会多快活啊！她现在已经十七岁了，而他也十九岁了。

在科格的时候，他曾打算给乔安娜买个金戒指，可又想到，在哥本哈根能买到更漂亮的戒指。于是，在一个深秋的雨天，他告别了家人，离开了出生之地，朝哥本哈根而去。落叶纷飞，克鲁德到达了哥本哈根的新主人家中，他的全身都湿透了。

第二个礼拜日，他去拜访乔安娜的父亲。他身穿一套崭新的匠人服，头上戴着一顶在科格买的新礼帽。装扮很适合克鲁德，因为之前他只戴一顶便帽。他找到了乔安娜的家，爬了好些楼梯，都有些头晕眼花了。对他而言，这座拥挤不堪的城市里，人们都重重叠叠地住在一起，真是可怕。

乔安娜的家里看起来很富裕，她父亲待他非常和气。在他的新妻子眼里，克鲁德是个陌生人，不过，她还是同他握了握手，给他端来了咖啡。

"乔安娜会很高兴见到你的，"她父亲说，"你都长成一个英俊的小伙子了。你马上就会见到她了。她是我心尖上的宝贝，上帝保佑，她还会让我更快乐的。她现在有自己的房间了，还为我们付房租。"

说着，她父亲轻轻敲了敲那扇房门，仿佛是个客人似的，然后便和克鲁德一起走了进去。

房间里面的陈设真是漂亮啊！在科格可找不到这样的房间，女王的房间也不可能比这更舒适了。地上铺着地毯，窗户上挂着落地窗帘，四周摆着鲜花和油画，还有一把天鹅绒的椅子。屋里还有一面镜子，大得犹如门扇，陌生人一不小心便会朝镜子里走去。

克鲁德一看就看到了屋里的一切，不过，除了乔安娜，他什么也没放在心上。她已经长成一个大姑娘了，和克鲁德想象中的样子完全不同，比那还要美丽动人。在科格，没有哪个姑娘能和她相比。她如今的模样是多么优雅啊！她看克鲁德的目光是多么奇怪而生疏啊！可是，这样的目光只存在了一瞬，很快，她便朝他奔过来，仿佛是要来亲吻他。不过她并没有亲吻他，只是差点这样做了。儿时好友的来访让她太喜出望外了！她的两眼含着泪，有许多话要说，有太多事情要问。她要问克鲁德父母的近况，还有她称之为接骨木妈妈和柳树爸爸的两棵树——在她眼中，它们都是有血有肉的人，那两块姜饼也一样可以当作人看。她谈起姜饼以及它们之间沉默的爱情，说到姜饼姑娘躺在柜台上裂成了两半的时候，她开心地笑了。可是，克鲁德的脸却红了，他的心跳得又快又重。不，她没有变成骄傲自大的人！他注意到了，是因为她的缘故，她的父母才邀请他待了整整一个晚上。乔安娜亲自给他斟茶倒水，然后又拿出一本书来读给他们听。在克鲁德听来，她念的都是他们两人之间的爱情，因为这和他心里想的一模一样。后来，她为大家唱了一首简单的歌曲，不过，这支歌经过她的演唱仿佛变成了一段历史，仿佛唱出了她的心声。是的，她一定是钟情于克鲁德的。眼泪从克鲁德的脸颊滑落，他无法忍住泪水，也无法说出一句话来。他觉得自己的样子一定很傻，可是，乔安娜却握住他的手，说："你有一颗善良的心，克鲁德，请你永远都保持不变吧。"

这天晚上，克鲁德感到了从没有过的幸福。想要安然入睡是不可能的，他也确实没有睡。

当晚告别的时候，乔安娜的父亲曾对他说："你不要忘了我们哦！不要整个冬天都不来看我们哦！"所以，下一个礼拜天克鲁德还可以去拜访他们，他也决心再去。不过，每天晚上，当大家在烛光下干完了活儿，克鲁德总是会走到外面，穿过城里的条条街道，走到乔安娜居住的那条街去，望着她的窗户。窗户里面总是亮着灯，一天晚上，他甚至看到窗帘上清晰地映出了她的脸庞。他的老板娘不喜欢他每晚在外游荡，每次说起这事，她便会摇摇头，可是，老板只是笑笑而已。

"他是个年轻人啊。"老板这样说。

不过，克鲁德心里想的是："这个礼拜天我就去找她，告诉她我的心里只有她一个人，请她一定嫁给我。我知道，自己只是一个可怜的皮鞋匠，可是我会努力奋斗的。对，我要告诉她这些话，默默相爱是不会有结局的，这是姜饼人的故事给我的启发。"

星期天，克鲁德大步流星地赶到乔安娜家，不幸的是，他们一家正要外出，只好对他说抱歉。乔安娜握着他的手，说："你去过歌剧院听歌剧吗？你真得去一次才行。我周三要演唱呢，要是你那天晚上有空，我会给你送张票，我父亲知道你老板的地址。"

她待克鲁德多好啊！周三中午，他收到了封好的邮件，上面没有写一个字，不过里面装了张戏票。当晚，克鲁德生平第一次去了剧院。他看到了什么？他看到的是乔安娜，她的模样多么美丽动人啊！显然，她在戏里是嫁给了一个陌生人，当然，那不过是在演戏——只是要让人信以为真，对于这一点，克鲁德了解得十分清楚。他想，否则她是不会存心送票给他，让他看到这一幕的。观众们都在鼓掌喝彩，克鲁德也高喊着："好啊！"

连国王都在冲着乔安娜微笑，好像很欣赏她的演唱。啊，克鲁德觉得自己是多么渺小啊！可是，他是那样深爱着她，他相信对方也同样深爱着自己。不过，男人应该先表白的，就像当初姜饼姑娘想的那样，那个故事深深地启迪了克鲁德。

很快，又到了礼拜天，克鲁德再次登门拜访。在他内心深处，他感觉自己仿佛是要走入教堂般的神圣之地。乔安娜独自在家，接待了他。他真是再幸运不过了。

"你来了真好，"她说，"我还打算让父亲去找你呢，幸亏我预感到你今晚会来。我得告诉你，周五我就要启程去巴黎，要是我想有所成就的话，我就得到那里去。"

克鲁德听了感觉天旋地转，五内俱焚。他没有流泪，可他内心的伤悲是显而易见的。

乔安娜见了，也快要哭了。

"你这个忠厚老实的人啊！"她激动地说。

乔安娜的这番话让克鲁德有了开口表白的勇气。他告诉她，自己一直爱着她，他一定要娶她为妻。当他表白的时候，他看见乔安娜脸色变得苍白。她松开手，认真地答复了他，脸上一副难过的表情。

"克鲁德，不要说让你我伤心的话了。我永远都是你的好妹妹，一个值得你信任的人，仅此而已。"

她白皙的手拂过他滚烫的额头。"上帝给了我们勇气来面对一切，"她说，"只要我们尽力而为。"

此时，她的继母走进房间，乔安娜飞快地说："因为我要走了，克鲁德很难过。好了，要像个男子汉。"她说着把手放到他肩上，好像他们只是在谈论旅行的事，而不是其他的。

"你还是个孩子，"她继续说，"可是，现在你必须理智点，要听话，就像从前我们在柳树下玩耍时那样。"

可是，克鲁德却感到自己的世界仿佛缺失了一块，他的思绪如断线的风筝在空中飘荡。他没有离开，虽然他已经记不得乔安娜是否邀请他继续留下来。他们一家人都待他非常和善，乔安娜又给他斟茶唱歌。她唱的不是从前的曲子，可仍然十分美妙动听，这让他的心都碎了。分别之际，克鲁德没有主动伸出手去，可是，乔安娜却拽着他的手，说："老朋友，你真该和妹妹好好握握手，我们就要分别了！"

她冲着他微笑，泪珠从她脸颊滑落，她又叫了一遍"哥哥"，好像这会让他好受一点。于是，他们便分别了。

她乘船去了法国，克鲁德在哥本哈根泥泞的街道上徜徉。鞋匠铺里其他的手艺人都问他为何郁郁寡欢地走来走去，他们让他和大家一起出去找找乐子，因为他还是一个年轻人呢。

他们带着克鲁德来到舞场，那里有许多俊俏的姑娘，可是没有一个长得像乔安娜。他以为自己能在舞场上忘记她，可她的模样却更加清晰地出现在他脑海里。"上帝给了我们勇气来面对一切，只要我们尽力而为。"她曾这样告诉他。他的脑子里涌上圣洁的念头，便抱起手来不去跳舞。小提琴声响了起来，姑娘们围成一圈，开始跳舞。他心里吃了一惊，因为好像不适合带乔安娜来这种地方，因为她此时就和他在一起，在他的心里。于是，他走出了舞场，沿着街道奔跑，经过了她曾住过的房子。那儿很黑，到处都漆黑孤寂，空空荡荡。这个世界就是这般模样，而克鲁德想走自己的路。

冬天来临，河流结冰，一切似乎都在为一场葬礼做准备。

然而，春天又回来了，第一艘轮船即将远航了。克鲁德心中涌起一种渴望，他要走得远远的，到遥远的世界去，但是，不要离法国太近。于是，他收拾行囊，来到了遥远的德国。从一个城市到另一个城市，一刻也不停歇，直到最后来到这座美丽而又古老的城市纽伦堡，他不安的灵魂才停了下来。所以，他决心留在纽伦堡。

纽伦堡是座古老而迷人的城市，就像从一本旧画册上剪下来的那样。城里的街道任意舒展开来，一座座房屋并没有循规蹈矩地整齐排列。装饰着小小尖塔、阿拉伯式花纹的三角墙，还有支柱，悬在人行道上方。做成了飞龙或瘦长犬只状的排水槽从形状古怪的屋顶上探出，居高临下地俯视着人行道。

克鲁德站在纽伦堡的一个市场上，背上还背着行囊。他站在一处古老的喷泉旁边，喷泉中装饰着精美的铜像。铜像是《圣经》中的历史人物，它们屹立在喷涌而出的泉水间。一位美丽的女仆正要用桶打水，她让克鲁德喝了一口清澈的泉水。女仆的手中捧着满满一束玫瑰，还送了一朵给他。克鲁德接过花，认为这是个好兆头。

附近的教堂里传来一阵管风琴的乐声，这音乐和他在家乡科格听到的一样熟悉。他走进这座大教堂，阳光透过彩绘玻璃的窗户洒了进来，照在又高又细的柱子之间。他的心中渐渐变得虔诚起来，灵魂也回归了宁静。

克鲁德在纽伦堡找到了一个好老板，在他的鞋匠铺里干活儿，并开始学习德语。

这座城市周围古老的城壕已经被开辟成了一块块小菜园，不过，高大的城墙和沉重的塔楼还依然耸立着。城墙里边，制绳工人在木头走廊或过道上搓绳子。接骨木树从城墙的缝隙中长出来，将绿色的枝叶伸展到城墙下方那些低矮的房屋上面。克鲁德的老板就住在这样的一所小房子里，从他睡觉的那个小阁楼的窗户上便能看到接骨木树摇曳的枝丫。

克鲁德在这里度过了一个夏天和一个冬天。不过，等到春天再次降临的时候，他却再也无法忍受了。接骨木树上的花朵正在绽放，花儿的芳香勾起了他对家乡的回忆，好像自己又回到了科格的花园里。因此，克鲁德只好离开了老板，到一处远离小城的地方去，那里没有接骨木树。

这家鞋匠铺的不远处有一座古老的石桥，石桥旁有一座低矮的水磨房。水磨总是转个不停，卷起哗哗的水流，泛着白沫，发出嗡嗡的声音，在附近的房屋里都能听见。这些房屋的三角墙摇摇欲坠，仿佛就要塌入河中。这里没有接骨木树，连种着细小绿色植物的花盆都没有一个。不过，就在鞋匠铺对面，长着一株巨大的老柳树。它紧紧依偎着这所房子，好像怕被水流冲走似的。老柳树的枝条伸展开来，垂在河上，就像科格花园里的那株柳树一样。

没错，克鲁德是来自"接骨木妈妈"和"柳树爸爸"身边的。这株柳树有些特别之处，尤其是在月夜里，他的心弦会被触动，那不是因为月光，而是因为这株老柳树。

不，他待不下去了。为什么呢？去问问那株柳树，问问那株绽放的接骨木树吧！因为它们，他辞别纽伦堡的老板，再次开始了远行。

他不想对任何人说起乔安娜——那是藏在他心底的秘密。他思索着姜饼人故事的深刻寓意。现在，他明白了，为什么姜饼男子的胸口会有块苦杏仁——他自己也尝到这样的苦涩了。而温柔善良的乔安娜，她成了姜饼姑娘的化身。

行囊上的带子似乎紧紧勒住了他的胸口，让他无法呼吸。他松开带子，可仍旧无法摆脱窒息的感觉。他发现，自己周围可见的只是半个世界，还有一半世界藏在他的内心深处，如影随形。

只有等到群山出现在他眼前的时候，这个世界仿佛才开阔了一些。他的思想流露出来，泪水涌出他的眼眶。

在他眼中，阿尔卑斯山仿佛是地球的一双收拢的翅膀。要是地球张开羽翼，展示出一幅幅斑驳的图画，上面全是暗黑的森林、喷涌的泉水、悠悠的浮云，还有皑皑的积雪，那会是什么模样？克鲁德想，要是到了世界末日那天，世界便会张开它巨大的翅膀，朝天空飞去，等它飞到上帝眼前时，便会如肥皂泡一样破裂。

"啊！"克鲁德叹息道，"真希望世界末日早点到来！"

他默默在这片土地上行走。在他看来，这片土地就像是一个果园，里面长满了柔嫩的小草。一座座房屋的木头阳台上坐着忙于编织丝带的姑娘们，她们冲他点点头。在落日余晖的照耀下，群峰泛着红光。他看见了暗黑的树丛间碧绿的湖水，不禁想起了科格的海岸，他的心中涌起一阵渴望，不过，那不再是痛苦了。

莱茵河波涛汹涌，朵朵浪花翻滚起阵阵水雾，犹如雪白耀眼的云朵，片片白云仿佛从此诞生。河上彩虹横亘，如一条松散的缎芹。此情此景让他想起了家乡科格水磨下喧嚣的水流。

克鲁德倒是乐意留在莱茵河畔这座安静的小城，不过，这里有太多的接骨木树和柳树了。他只能继续远行，翻过雄伟的高山，攀过乱石堆，也走过悬崖峭壁边险峻的山路。山涧中的溪流哗哗流个不停，片片浮云从他下面的山腰飘过。在温暖的阳光下，他在蓟草和高山蔷薇丛中走过，在雪地上穿行。他挥手告别北方的土地，穿过葡萄园和玉米地，来到了栗子树下面。这些山是横亘在他和他的回忆间的一道墙，他也希望这道"墙"能隔断一切。

出现在他眼前的是一座美丽辉煌的大城市，它的名字叫作米兰。在米兰，他在一个德国籍老板手下找了一份工作。老板夫妇是好心人，他在他们的作坊里干活。这两位老人慢慢喜欢上了这个安静的手艺人。他虽然寡言少语，但工作非常努力，过着虔诚的基督徒生活。对克鲁德来说，上帝仿佛已经令他卸下了自己心中的重负。

他时常去参观气势恢宏的米兰大教堂，这是他最喜欢的消遣方式。对他而言，这座大理石教堂仿佛是用他故乡的白雪建成的，这些白雪构成了教堂的房檐、尖顶，还有装饰华丽的大厅。每座雪白的雕像每时每刻都在对他微笑。他的头顶是蔚蓝的天空，他的脚下是米兰城，还有辽阔的伦巴第平原，北面是巍峨的群山，那里终年积雪。他不禁回想起科格的教堂，还有教堂爬满了常青藤的红墙，可是，他并不渴望回到那里去，他希望自己被埋葬在这里的群山后面。

他在米兰住了一年。自从离开家，已经过去三年了。一天，他的老板带他去了城里，不是去看马戏团的表演，而是去看歌剧院。这是一座宏伟的建筑，值得一看。歌剧院有七层，每层楼都挂着精美的丝帘，从第一层楼到令人眩晕的最高层楼上坐的都是衣着华美的贵妇，她们手里捧着花束，好像是在参加舞会似的。她们身旁的绅士都穿着礼服，其中许多人都戴着金质或银质勋章。歌剧院里亮如白昼，音乐在里面环绕回荡。这座歌剧院的每一处都比哥本哈根的更华丽辉煌，可是，那里是乔安娜演出过的地方，而这里——是的，就如同魔术一样——幕布拉开，乔安娜走了出来。她穿着丝绸华服，佩着金饰，头戴王冠。她的声音犹如天籁，克鲁德认为只有天使才能发出这样的声音。她走近，来到舞台前部，脸上露出了只有乔安娜才有的独特微笑，两眼注视着克鲁德。

可怜的克鲁德紧紧握住老板的手，高喊道："乔安娜！"可是，谁也没有听见他的喊声，乐队奏出的音乐太大声了。老板点点头说："是的，是的，她的名字是叫乔安娜。"

老板取出一张节目单，让克鲁德看上面的名字——节目单上印着她的全名。

不，这不是一场梦！所有人都为她鼓掌，把手中的花束扔给她。每次她一下台，观众们便请她回来，因此，她在台上来来回回走了好几趟。

大街上，人们簇拥在她的车子周围，随着车子凯旋。克鲁德站在人群的最前面，比任何人都高兴。当马车在她灯火通明的寓所前停下的时候，克鲁德就站在马车的门边。车门打开，乔安娜走了出来。灯光照在她迷人的面庞上，她微微一笑，做了一个手势表示感谢，热情的观众深深打动了她。克鲁德盯着她的脸看，她也看到了他的脸，不过，她并没有认出他来。一位胸前挂着星形勋章的绅士伸出手来扶她——人们低声议论，说他们已经订婚了。

克鲁德回到作坊，收拾好行囊。他决心要回到家乡去，回到接骨木树和柳树身边去。对，该回到柳树下面！

老板夫妇请求他留下来，可是，无论他们如何挽留，也无法改变他的心意。他们对他说，冬天就要来了，山上已经开始下雪，但这也是白费劲。他说自己会背着行囊徒步走，就跟着马车后面的车辙前进，马车会替他开辟出一条道路来。

于是，克鲁德朝山上走去，在群山间跋涉。他的力气慢慢消耗殆尽，可是，他仍然看不到一处村庄或是房屋。他朝着北方前进。一颗颗星星出现在夜空中，他的双脚直打战，觉得头晕眼花。深谷中也有星星在闪烁，仿佛他的脚下还有另外一片天空似的。他知道自己病了。脚下闪烁的星星越来越多，越来越亮，还在前后移动。原来这是一座灯火闪烁的小镇。当他明白过来，便鼓起最后一点力气向前走，终于来到一个简陋的客栈。

克鲁德在客栈住了一天一夜，因为他的身体需要休整。正是化冻时节，山谷中阴雨不断。不过，第二天早晨，客栈里来了一位背着手风琴的客人，他演奏了一支丹麦的曲子，克鲁德听完，便再也无法待在客栈了。他继续朝北方走去，在冰天雪地中匆匆忙忙不停赶路，好像是要在故乡的亲人全去世前赶回去一样。可是，他没有对任何人说起内心的渴望，因为没人能理解他心中的悲哀，那是一个人内心所能感受到的最深切的悲哀。这种悲哀无须得到世人的理解，因为它并不有趣；也无法得到朋友的理解，因为他没有朋友。他只是一个陌生人，在陌生的国土上朝着北方的家乡前行。一年多以前，他的父母只给他写过一封信，信中有这样几句话："你和我们不同，你不是一个彻彻底底的丹麦人。你只喜欢待在异国他乡。"他的父母就是这样写的。说得不错，他们太了解他了。

傍晚时分，他还在公路上走着。气温开始下降，周围逐渐变得平坦起来，一片田野和草地出现在他眼前。公路边长着一棵高大的柳树。此情此景让他想起了家乡。他坐在柳树下，疲惫不堪。他垂下头，闭上双眼，开始睡觉，可是，在他的脑海中，他却感到，柳树朝自己垂下了枝条，仿若一位威严的老人，就像是一位柳树爸爸把困顿的儿子搂在怀中，把他带回了故土，带回到科格荒凉的海岸边，带回儿时的花园里。

是的，他梦见了科格的那株柳树，它走遍了世界来寻找他，现在，终于找到了他，还把他带回了小河边的那个小花园里。乔安娜正站在花园里，她穿着漂亮的衣服，头上戴着金冠，就像他上次见到她时的样子，她在对他高喊："欢迎你！"

他的面前站着那两个奇妙的姜饼人，比起儿时记忆中的模样，它们如今更像人的模样了。虽然有所改变，可它们仍旧是两块姜饼，正面朝着他，看上去不错。

"我们要感谢你，"它们对克鲁德说，"谢谢你使我们有了表白的机会，谢谢你教会了我们要勇敢地说出心声，否则便不会有所收获。现在，我们总算有了结果——我们订婚了。"

然后，它们便手挽手，在科格的大街上走着。无论从哪个角度看，它们都是引人注目的，它们身上挑不出任何毛病。两个姜饼人朝教堂径直走去。克鲁德和乔安娜跟在它们身后，也手挽着手并肩而行。教堂还是老样子，红墙绿藤，大门敞开，里面传来管风琴悠扬的乐声，他们沿着教堂长长的走道往里走。

"主人先请进。"姜饼人夫妇说着，闪在一边，让乔安娜和克鲁德先走。他们在圣坛前跪下，乔安娜朝克鲁德低下头，泪珠从她眼中滑落。这泪水如冰雪般寒冷，因为这眼泪是他炽热的爱情融化了她心中的冰雪而成的。泪水落在他灼热的脸颊上，他被弄醒了，发现自己正坐在异国他乡的老柳树下面，寒夜中，一颗冰雹从云端落下，打在了他的脸上。

"这是我一生中最美好的时刻！"克鲁德说，"可惜只是一场梦，哦，让我重回梦中吧！"

于是，他再次合上眼，进入了梦乡。

第二天清晨，下了一场大雪。寒风卷起雪花，在他脚边打旋儿，可是，他还在熟睡。村民们在去教堂的途中经过这里，看到了路边坐着的皮鞋匠。他已经死了——冻死在这株柳树下。

小妖精和商人

从前，有个普普通通的学生，他住在一幢房子的阁楼上，穷得叮当响。有位普普通通的商人，他住在一楼，整幢房子都是他的。和商人住在一起的还有个小妖精，因为在每个平安夜，小妖精都能吃到一盘麦片粥，里面搁着一大块黄油。商人负担得起这盘麦片粥，因此，小妖精就在商人的铺子里住了下来，这一点十分有趣。

一天晚上，学生从后门走进商店，想买一些蜡烛和奶酪。没有人替他跑腿，他只好自己来买。他选好了要买的物品并付了钱，商人和他的太太都点头祝他晚安，而这位太太可不止点头这点能耐——她可是有一张巧嘴！学生也冲他们点点头。不过，他猛然停下脚步，读起奶酪外面包着的一张纸来。这张纸是从旧书上撕下来的，这本书本来不应该被撕坏的，因为这是一本诗集。

"这种书还有许多呢，"商人说，"我给了一位老太太一点儿咖啡豆，就得到了这些书。你要是给我三便士，就可以把它们都拿走。"

"谢谢，"学生说，"我不要奶酪了，换成书吧。我只要有面包和黄油就够了，用不着奶酪。把这本书撕得七零八落的，真是罪过。你是个能干务实的人，不过，说到诗歌，你懂的东西并不比那边的那只木桶更多。"

这番话很是无礼，尤其是把商人贬得不如木桶，可是，商人却笑起来。学生也笑了，因为他只是在说笑而已。不过，小妖精却很生气，这人竟然敢对自己的房东这样放肆地说话，这位房东卖的还是最好的黄油呢。

夜深了，店铺关了门，人们都上床睡觉去了，只有学生还没睡。小妖精走进屋子，进入商人夫妇的卧室，拿走了这位好太太的舌头——她睡觉的时候并不需要它。只要小妖精把她的舌头放在屋里的任何一件东西上，这东西便能发声说话，表达出自己的思想和情感，就像太太白天那样。不过，一次只能有一样东西用舌头说话，这倒是一件好事，否则，它们一定会打断别人的话。

小妖精把舌头放在了木桶上，木桶里装着旧报纸。

"别人说你不懂诗歌的意义，"小妖精问，"这是真的吗？"

"我当然懂了！"木桶答道，"诗歌是一种写在报纸犄角旮旯里的东西，有时会被剪掉。我敢发誓，我桶里装的诗歌要比那个学生心里装的要多。但是，对商人来说，我只不过是一只不值一文的桶而已。"

随后，小妖精把舌头放在一个咖啡磨上。天哪！咖啡磨开始滔滔不绝地说起话来！他又把舌头放在黄油桶和钱箱上，它们都和木桶的想法一样——多数人的意见应该受到尊重。

"我现在就去把你们的话告诉那个学生！"

说完，小妖精便悄悄地沿着后面的楼梯走到学生住的阁楼。阁楼里的灯还亮着，小妖精从钥匙孔往里面看去，只见学生正在阅读他从楼下拿走的那本破书。

可是，这本书在屋子里显得多么耀眼啊！从书中冒出了一段明亮的光柱，并扩大成为一根粗粗的树干，变成了一棵威武的大树。大树挺拔向上，它的枝叶伸展开来，罩在学生头顶。大树的每片树叶都是新鲜的，树上的每朵花儿都鲜艳得犹如漂亮姑娘的脸庞，有的上面是乌黑闪亮的眼睛，还有的上面是晶莹剔透的蓝色小球，每一个果实都是闪烁的星星。阁楼里还传出了美妙的歌声。

小妖精没料想会见到如此壮观的景象，他也从未听闻有这样的美景。他踮着脚尖，静静地站着，朝屋里观望，一直到阁楼里的灯光熄灭了为止。或许是学生吹灭了灯火，上床睡觉去了。可是，小妖精还是站在原地，因为里面的歌声并没有停止。那声音柔美动听，对已经躺下休息的学生来说，算得上是一首极佳的催眠曲。

"这阁楼真是无与伦比，"小妖精说，"简直太出乎我的意料了！我真想和学生住在一起。"

接着，他便认真地想了想——从理智的角度考虑这个问题。然后，他叹了一口气，说："可惜，学生没有麦片粥给我吃！"于是，他又下了楼，来到商人的店铺里。他终于回来了，这真是太好了，因为木桶差点把太太的舌头都磨破了。它口若悬河地讲完了放在桶这一边的东西的故事，正准备转而讲述放在另一边的东西的故事。这时，小妖精走了进来，把舌头拿走，物归原主了。可是，从那时候起，整个店铺上上下下，从钱箱子到柴火棒，都成了木桶的应声虫，对木桶佩服得五体投地，尊它为权威，以至于后来商人读到报纸上有关戏剧和艺术的评论时，它们都一致认为这些消息是从木桶嘴里透露出去的。

可是，小妖精再也不能安安静静地坐着，心满意足地听一楼的店铺中所谓的智慧之谈了。每到晚上，只要阁楼上的灯光一亮起来，小妖精便会感到这些光线犹如粗壮的锚索，把他往楼上拽。他不得不爬上楼，从钥匙孔往里面偷看。他的心中涌起一阵强烈的豪迈之情，如同风暴来临时，我们站在波涛汹涌的大海旁的感受一样。小妖精禁不住流下了眼泪！他不知道自己为何哭泣，可是，他的泪水中也包含着幸福的成分！要是能和学生一起坐在那棵树下，那该是多么幸福的事情啊！可是，不行呀——能够从钥匙孔里看看，他就已经很满足、很高兴了。

小妖精站在冷飕飕的楼梯上，秋风从阁楼的圆窗吹进来。

天气非常寒冷，不过，只有等到学生房间里的灯火熄灭后，等到屋里那棵树传来的音乐声停止后，小妖精才会感到寒冷。嗬！他被冻得直打哆嗦，赶紧下楼回到他暖和的小角落里，那里是他的安乐窝。圣诞节来了，小妖精享用到了他的麦片粥和大块黄油，在这个时候，他认为商人真是不错。

然而，半夜时分，窗扉上传来一阵可怕的敲打声，惊醒了小妖精。外面有人在大喊大叫，守夜人在吹着号角，告知大家发生了一场大火灾，整条街道浓烟滚滚，火舌乱窜。这场火是从自己家里烧起来的还是从邻居家烧起来的？火情如何？人人都陷入了惊恐之中。

商人的太太在慌乱之中从耳朵上扯下了自己的金耳环，放进她的衣服口袋里，仿佛这样做便是救出了一些财产；商人忙跑去找他的股票；女仆则忙于找她的黑色丝绸披风，因为她攒钱攒了许久才买下这件披风。人人都想救出自己最珍贵的东西，小妖精也不例外。他几个箭步便冲上楼梯，跑进了学生的房间，却发现学生正镇定地站在打开的窗户前，看着对面那幢房子里燃烧的熊熊大火。小妖精抓起放在桌上的那本神奇的旧书，塞进自己的红色帽子里，并用双手紧紧地护住帽子。这幢房子里最宝贵的东西得救了，他就得赶快逃离。他跑上屋顶，跑到了烟囱上面。他坐在烟囱上，对面房子里的火光映着他，他的双手死死地抓住帽子，因为帽子里面有它最珍视的宝贝。此时，他明白了自己内心的感受，知道自己心之所属。可是，等到大火被扑灭后，小妖精再次冷静下来，他的想法是……

"我只好把自己一分为二了，"他说，"为了那碗麦片粥，我不能放弃商人！"

这想法和普通人一样！为了一碗粥，我们也会选择到商人那边去。

冰 姑 娘

小 鲁 迪

让我们到瑞士去看看吧，让我们在这片被群山环抱的美丽国土上游历一番吧。在这里，森林紧挨着陡峭的山崖，如果沿着山路攀爬，我们便会来到白雪覆盖的雪野中，雪光让人眩晕。随后，我们依山而下，就会进入葱绿的山谷，谷中溪流潺潺，匆匆奔流向前，仿佛害怕自己来不及赶到入海口便会消失似的。太阳炙烤着深谷，阳光也照耀着厚厚的积雪。经过漫长的岁月，融雪逐渐坚硬，结成了闪闪发光的冰块，有时则形成雪崩，或是堆积成一座座冰川。在小小的山城格林德沃旁就有两处这样的冰川，它们分布在斯瑞克峰和维特霍恩峰下宽阔、遍布岩石的山谷中，看上去颇为壮观。因此，每逢夏季，许多外国人便会从世界各地赶来此地观赏冰川。这些游客要翻过高高的雪山，再花上好几个小时在幽幽深谷中爬上爬下。他们往山谷上方爬的时候，山谷仿佛在他们脚下变得越来越远，深不可测，就像是乘坐在热气球上往下看一样。他们头顶是厚厚的云层，如密密烟幔笼罩着山顶，然而阳光依然透过层云，射进山谷。谷中散布着一座座褐色的小木屋，在这片透绿夺目的原野上织出了一幅绮丽的风景画。山谷低处的水流汩汩作响，高处的水流涓涓而下，溪水仿若一条银丝带环绕在山间。

通向山顶的道路两侧有许多木屋，每幢房子都有一个用来种土豆的菜园，这是必不可少的，因为每家每户都有好多张小嘴等着养活——山里的孩子太多了。他们吃起东西来如风卷残云一般，他们的身影无处不在，总是跟在旅行者的身前身后——无论这些人是徒步走来还是坐着马车过来。这些孩子都精于生意，善于兜售木刻小屋。它们是比照着此处山间木屋的样式雕刻而成的，孩子们一直在贩卖这些木雕，风雨无阻。

大约二十多年以前，人们常能看到一个小男孩站在山路旁，忙活自己的生意。不过，他从不和别的孩子站在一起，脸上的表情还十分严肃，双手紧紧捧着装有木雕玩具的小盒子，仿佛无论如何都不会放它们走似的。他脸上严肃的表情，再加上小小的年纪，总会吸引旅行者的注意，所以，他们经常会把他叫到跟前，买下他的许多货物，他自己并不知道其中的缘故。他的外祖父住在几英里外的山上，漂亮的小木屋正是外祖父雕刻出来的。老人的屋子里摆着一个木头柜子，里面装满了类似的木雕物件，有木头雕刻的胡桃夹子、上面刻着花草树叶的木制刀叉，还有奔跑着的岩羚羊的木盒。小孩子对这些玩意儿爱不释手。可是，这个名叫鲁迪的小男孩，却更喜欢用渴望的眼神注视着天花板屋梁上挂着的一支旧步枪。外祖父答应过他，总有一天会把这支枪给他，不过，要等到他长得又高又壮，扛得动枪的时候才行。

虽然鲁迪岁数还小，但他已经开始放羊了。如果说能跟着羊群一起爬山便可以成为一个好羊倌，那鲁迪就是当之无愧的能干羊倌，因为他能比山羊爬得更高一点，还喜欢爬到高高的树上去掏鸟窝。他是一个勇敢的孩子，不过，除了他站在雷鸣般的瀑布旁或是听到山上的雪崩声时，人们从未见他露出过笑容。他也从不和别的孩子玩耍，只有外祖父让他下山卖木雕的时候，他才会和别的孩子接触。事实上，鲁迪并不喜欢和他们待在一起。他更喜欢独自爬山，或者坐在外祖父身旁，听老人讲古时候的故事或附近小镇梅林根人的生活——那里是他的出生之地。外祖父说，梅林根人不是原住民，他们来自遥远的北方，他们祖先居住的地方叫"瑞典"。鲁迪听了，很是为此骄傲。不过，他还从别处学到了本事，是他的动物玩伴教会他的。他家里有条大狗，名叫安约拉，本来是鲁迪的父亲养的；还有一只公猫，它对鲁迪特别重要，就是这只猫教会了鲁迪爬高。

"跟我到房顶上去吧。"这只猫说。它的话直截了当，十分清楚，鲁迪都能听懂。你要知道，当小孩子还不会说话的时候，他能听懂鸡鸭的话，猫猫狗狗也会对小孩子说话，就像父母对小孩子说话那样。不过，这一切都发生在孩子很小的时候。

那个时候，在小孩子眼中，连外祖父的手杖都会变成一匹真正的马儿，它会嘶鸣，还有头有尾，四肢俱全。有些孩子能听懂动物语言的时期要比其他孩子长，大人总是习惯称这样的孩子为"迟钝"或"晚熟"——大人们总喜欢说许多奇奇怪怪的话。

"跟我到屋顶上去吧。"或许，这便是猫对鲁迪讲的第一句话，鲁迪也听懂了。"人们说会掉下来，那是胡扯，要是你不害怕，就不会掉下来。来吧，一只爪子这样放，另一只爪子那样放。用前爪探路。眼睛要留神，四肢放灵活。要是遇到裂缝，跳过去好了，要像我一样，抓牢点。"

鲁迪照着猫的话做了，因此，人们常常看到他坐在屋顶上，身边还有一只猫。后来，他可以和猫一起坐在树上了。最后，有人甚至看到他坐在悬崖边，那是连猫都没有去过的地方。

"再爬高一点！"大树和灌木丛对鲁迪说，"你看见我们是怎么爬高的吗？我们现在多高啊，我们抓得多紧啊，哪怕是最陡峭狭窄的岩石边上，我们都敢去！"

鲁迪可以爬到山顶，往往在阳光还没有照到山顶的时候，他便能爬到那里。他吮吸着清晨的甘露，那是清新的山间之气，只有造物主才酝酿得出这样的甘露。人们所知的这种甘露的配方是：山间花草的芳香，野百里香和山谷薄荷的香味相混合，再由天空中低垂的云朵将这些馥郁的芬芳一一吸收，随后，山风便将云朵吹走，让片片浮云悬在树梢，这浓郁的香味便在空气中散播开来，使空气更加轻盈清新，甚于往常。这便是鲁迪清晨所饮的甘露。

　　阳光是太阳的女儿，她满载着太阳的祝福，亲吻着鲁迪的脸颊。掌管眩晕的精灵潜伏在一旁，不敢靠近他。不过，外祖父屋檐下的燕子们——至少有七窝，它们都飞到了鲁迪和羊群身边，齐声高唱："我们和你！我们和你！"燕子们带来了家中的祝福，其中甚至还包括家中唯一的家禽——两只母鸡——的祝福。可是，鲁迪总是跟这两只母鸡合不来。

　　他虽然年纪小，却曾经历长途旅行。对这样一个小家伙来说，那段旅程并不短。鲁迪出生在瓦莱州，是由人抱着翻过了崇山峻岭，才到达了眼下居住的外祖父家。不久前，他徒步去观看了施陶河瀑布，也有人叫它"灰尘瀑布"。这座瀑布从山上飞流而下，犹如一块银色薄纱。这座被积雪覆盖的、闪着炫目银光的山峰叫"处女峰"。他也到过格林德沃的大冰川，然而，那儿却发生过一件悲惨的事情，他的母亲就死在那里。外祖父说，小鲁迪就是在那里失去了一个孩子应有的快乐天性。鲁迪一岁之前，他的母亲曾这样写道："他笑的时候比哭的时候多。"可自从落入冰缝后，他的性情大变。外祖父很少提到此事，不过，山里的人都知道。

　　鲁迪的父亲曾经做过邮车夫，如今躺在外祖父屋里的那只大狗从前总是跟在鲁迪父亲身边，陪着他一起翻越辛普朗山口，到日内瓦湖边去。鲁迪的父亲至今还有亲戚住在瓦莱州的罗纳河谷。鲁迪的叔叔是一个猎捕岩羚羊的能手，也是一个有名的向导。鲁迪只有一岁大的时候，他父亲就去世了。鲁迪的母亲希望能带着孩子回到远在伯尔尼高地的娘家去。她的父亲住在离格林德沃不远的地方，是个木雕匠人，挣的钱足够养活母子两人。因此，那年六月，鲁迪的母亲带着孩子，由两位岩羚羊猎手陪着动身了。只要翻过盖米山，便能到达格林德沃。当时，他们已经走完了大半路程，翻过了高高的山脊，这片山脊连着雪原，从这里可以看到她娘家所在的山谷，还有那些她熟悉的木屋，只需要再翻越一座大冰川便到家了。大雪纷纷扬扬下个不停，遮住了一道冰裂缝。这道裂缝实际上没有深到有水流淌的地层，可是，它也足足有两米多高。这位年轻的母亲手里抱着孩子，脚下一滑便跌了下去，消失在冰裂缝中。她没有来得及发出一声惊叫或叹息，两个猎人只听到小孩儿的哭声。过了一个多小时，两人才从附近的人家借到了救援的绳子和竿子。费尽一番周折后，他们从冰裂缝里打捞起了两具如同尸体般硬邦邦的东西。猎人用尽一切办法想救活母子俩，可惜，最后只挽回了孩子的一条性命。因此，年老的外祖父迎回家中的只有女儿的遗孤，那个曾经欢笑多过哭泣的孩子。然而，孩子的身上产生了极大变化，变化来自于冰川的裂缝——那个奇异寒冷的冰雪世界。按照住在山野间的瑞士人的说法，那些被诅咒的灵魂被封锁在这片冰雪世界里面，一直到世界末日。

冰川向外延伸，它原本是一片激流，如今结成了冰，又被挤压到一起，成为绿色的冰块，这些巨型冰块重重叠叠压在一起。冰川下面是融化的冰雪形成的湍急河流。伴着雷鸣般的声音，激流冲进山谷，山谷中便有了一个个深深的雪洞和大冰缝。这是一座神奇的水晶宫殿，里面住着冰姑娘。她是冰川女王，也掌握着人的生死；她是一位征服者，既是空气之子，也是河流的强大统治者。因此，她能轻易飞上雪山之巅，而鲁莽的登山者只能借助冰斧在冰山上砍出一条路来。她还能以冷杉的细枝为舟，在激流中航行，从一个冰块跃到另一个冰块上。她那头雪白的长发和绿莹莹的长裙伴随着她，在她身边飘舞，如同瑞士深邃湖泊中的湖水一般闪闪发光。

"要努力，要毁灭，我的话不可违抗！"冰姑娘说道，"他们从我手中偷走了一个可爱的孩子，一个我曾吻过的孩子。可是，我的吻没有让他死去。他又回到了人间，在山上放牧羊群，还不停地向上爬，爬得越来越高，远离了人群，可是，他逃脱不了我的手掌心。他属于我，我一定要得到他！"

冰姑娘命令掌管眩晕的精灵去执行她的命令，因为时值夏季，在野薄荷茂盛生长的这片绿林中，冰姑娘感觉太热了。掌管眩晕的精灵飞起来，落在地面上。精灵的姐妹们也跟在她身后，因为她有好些姐妹，足足一大群呢，冰姑娘从中选了最健壮的一个。这些掌管眩晕的精灵能在任何地方停留。她们坐在台阶上，坐在塔楼顶的栏杆上；她们能如松鼠一样沿着险峻的山崖奔跑，能飞越栅栏和小路；仿佛善泳者能踏水而行一样，她们能凌于空气之上，诱使她们的牺牲品朝前面走去，走到深渊中去。掌管眩晕的精灵和冰姑娘都如同珊瑚虫一般，能抓住靠近她们身边的一切生灵。此刻，掌管眩晕的精灵要去抓鲁迪了。

"对，可是，要想抓住他，"眩晕精灵说，"我可办不到。那只该死的猫教会他好些花招，让我没法接近这孩子。当他站在悬在深渊外的一根树枝上时，我抓不住他。要是我能去挠挠他的脚板，或者能让他头冲下掉进深渊就好了。可是，我办不到。"

"不管是你还是我，"冰姑娘说，"我们一定要想法办到，我要去试试！"

"不！不行！"一阵声音在她耳边响起，犹如教堂的钟声在群山中回荡。这是一首歌，是大自然中别的精灵发出的和声。她们是温柔亲切的精灵，是太阳的女儿们。每天黄昏之时，她们会张开玫瑰色的双翼，环绕在群山之巅，夕阳渐渐西垂，她们的翅膀随之变色，愈加火红，在阿尔卑斯山峰上闪闪发光——人们把这景象称为"阿尔卑斯之光"。太阳落下，阳光的女儿们隐退到山峰之间，在皑皑白雪间休憩，等到旭日东升之时，她们才会苏醒过来，再次现身。她们特别喜欢鲜花和蝴蝶，还有人类——在这些生灵中，鲁迪是她们最为钟爱的。

"你们抓不到他！你们是得不到他的！"阳光的女儿们说。

"我曾抓到过比他更大更强壮的。"冰姑娘说。

接着，阳光的女儿们便唱起了一支流浪者之歌。风暴吹走了他的斗篷。

"风卷走了他的蔽体之物，却卷不走他本人。你们这些威风的孩子啊，你们可以抓住他，却无法将他留住。他比我们更强大，他的意志比我们更坚强。他能爬到比太阳——我们的母亲——更高的地方。他懂得的魔咒能使风和水屈服，并为他所用。你们只能释放出让他落下的重压，可是，他会升得更高。"

阳光的女儿们发出的这些合唱如教堂的钟声一样悠远动听。

每天清晨，阳光透过外祖父屋子上唯一的小窗照进去，照在这个安静的孩子身上。阳光的女儿们亲吻着他，想以此温暖他，好驱散冰川女王留下的冰冷的吻——那是他躺在母亲的怀中，落入深深的冰裂缝时，冰川女王留在他身上的烙印。好在后来他奇迹般地获救了。

新　家

鲁迪八岁了，住在罗纳河谷那边的叔叔想把他接到自己身边，好让他学点东西，见见世面。外祖父也赞成叔叔的看法，便同意让鲁迪过去。

鲁迪要启程了，他需要和太多东西告别了，除了外祖父，首先就是那条老狗安约拉。

"你的父亲是邮车夫，我是跟着他送信的狗，"安约拉对鲁迪说，"我们曾一起四处送信，我还认识山那边的许多狗和一些人。我不善言辞，可是，以后我们显然不能再在一起说话了，所以我要讲的与以往有些不同。我要讲个故事给你听，这个故事在我心里藏了很久，我也反复琢磨了很久。我弄不明白，你也不会明白，不过没关系。至少我想清楚了一点：不管你是人还是狗，在这个世界上你得到的东西和别人并不一样。不是所有狗都能坐在贵妇人的身上喝牛奶的。我从没受过这样的待遇，不过，我见过邮车上曾有这样一只小狗，它坐在一位妇人身边，占据了一个座位。夫人是它的主人，或者可以说它是夫人的主人。这位夫人手里握着一瓶牛奶在喂它，还给它吃糖果，可小狗只是嗅了嗅，一口都没吃，于是，夫人就自己吃掉了这些食物。而我只能跟在邮车旁边，在泥地里奔跑，饿得饥肠辘辘。我暗自琢磨，这一切真是太不公平了，可是，人们说世界上有很多事情都是不公平的。你能坐在一位夫人膝上，乘着邮车旅行吗？要是你能这样，我会替你高兴。可是，这不是自己能做主的事情。无论我是大叫还是长嚎，都不是由我自己做主的。"

等老狗安约拉说完这番话，鲁迪把它抱在怀里，狠狠吻了吻它湿润的鼻子。然后，他又抱起了那只猫，可是它却挣脱了。它说："你抱我时太用力了，我可不想用爪子来挠你！你要爬过那些高山，我不是教过你怎么爬吗？不要认为自己会掉下去，你就一定能抓得牢牢的。"

说完这话，猫便跑开了。它不希望鲁迪看到自己眼里伤心的泪水。

两只母鸡在地上大摇大摆地走来走去，其中一只鸡的尾巴没有了。曾有一位想当冒险家的游客误以为这只鸡是什么猛禽，便一枪打掉了它的尾巴。

"鲁迪要到山那边去了。"一只鸡说。

"他总是匆匆忙忙的，"另外一只说道，"我不想和他说再见。"

于是，两只鸡一溜小跑，离开了。

鲁迪也去向山羊道别，它们咩咩叫着祝福他，这让鲁迪很难过。

附近有两位勇敢的向导想要翻过山，到山那边的盖米去，于是便带上了鲁迪。和他们一起徒步旅行，对这样一个小家伙来说，是艰难的行程，好在鲁迪是个身体健壮、颇有勇气的孩子。

燕子们跟着他们飞了一段路，一路上还唱着："我们和你！我们和你！"途中，他们要穿过水流湍急的吕申河。这条河汇集了格林德沃冰川的黑暗裂缝中流出的条条小溪，掉落的树枝和石块形成了一座桥。他们到达对岸的森林后，便开始沿着山坡向上攀登，冰川便是从山顶顺着山坡延伸下来的。眼下，他们需要大步跨过或者绕过冰川上的冰块。鲁迪有时不得不连滚带爬地走一段。他的眼中流露出快乐的神情。他的脚上穿着带齿钉的登山鞋，用力踩在冰上，好像是想让每一步都留下印记似的。山中的小溪流过冰面，随着溪水而下的泥土将这一带染上了黧黄色。不过，蓝绿色玻璃般的冰块仍清晰可见。一路上都可以看到在巨大冰块间形成的无数小小湖泊——这时，他们只有绕行。他们时常经过一块块巨石旁边，这些巨石就在冰裂缝边上，摇摇欲坠。有时会有石头失去平衡，滚落下去，他们便能听见从幽暗深邃的冰川空洞中传来的隆隆回声。

他们继续往上爬。冰川向上延伸，如同一条条冰雪带堆积而成的辽阔冰河，河两岸是陡峭的山崖。有一阵，鲁迪想起了他听说的那个故事，他母亲带着他曾掉进了这样一个幽深冰冷的冰缝中，不过，这些念头很快就从他脑海中消失了。对他而言，这个故事和他听过的其他同类故事差不多。偶尔，两个向导感到这段路对一个小男孩来说太艰难了，便会伸手拉他一把。不过，他并没有疲惫的感觉，他如同一头岩羚羊，能稳稳地站在光滑的冰面上。接下来，他们来到了岩地上，在凹凸不平的石块间大步流星地走着。有时，他们会再次走入松树林，又经过草地，一路上总能看到不断变化的新风景。他们身边矗立着白雪皑皑的群山，众人皆知，它们便是少女峰、明希峰和艾格尔峰，鲁迪当然也认识它们。鲁迪还从没有爬到过这么高的地方，也从未踏上这片广阔的雪海。雪海上是一片片静止不动的雪浪，山风有时会吹走雪海上的一片雪花，就像是吹动了海浪上的一片泡沫一样。冰川一片连着一片，仿佛是手牵着手的朋友。每座冰川都是冰姑娘的玻璃宫殿，她的目的就是捕捉和埋葬路人。阳光和煦温暖，白茫茫的雪地令人目眩眼花，仿佛有人在地上撒下了一把耀眼的淡蓝色宝石一样。无数的昆虫，尤其是蝴蝶和蜜蜂，都冻死在雪地上了。它们太冒险，飞得太高，也许是山风把它们刮到这里，让它们失去知觉，在天寒地冻中死去。维特霍恩峰上悬浮着一片令人心惊胆战的乌云，它们就像是一束束黑色的细羊毛。这片乌云威力巨大，一旦它落下，便会爆发出势不可挡的威力，成为猛烈的焚风横扫而来。这一路上的经历——高山上的夜宿、走不完的山路、幽深的冰谷、峡谷中的流水日夜磨蚀着石块——一切都深深地烙印在了鲁迪的脑海中。雪海那一边有一座废弃的石屋，那就是他们今晚过夜的地方。他们找到木炭和松树枝，很快生起了火，还尽量把睡觉的地方弄得舒服一点儿。两个大人围坐在篝火旁，抽着烟，品着早已备好的用来提神的温酒。鲁迪和他们分享了晚餐。接着，大人们便讲起故事来。他们谈到阿尔卑斯山的神秘生灵，还有那些深不可测的湖中游动的巨大怪蟒，以及一群群神奇的精灵。据说那些精灵还会掳走熟睡的人，带着他们在空中飞行，一直飞到奇妙的水上城市威尼斯。他们还说起荒野中的牧羊人，他赶着自己的黑绵羊穿过山间草地，虽然没人见过他的真实面目，可是有许多人却听到过羊脖子上挂着的铃铛发出的声音，还有羊群咩咩的诡异叫声。鲁迪听得入神，可他却不觉得害怕，因为他不懂什么是害怕。他凝神倾听，仿佛听到了空洞怪异的牛羊叫声，声音还越来越清晰。这时，大人们也听到了。他们停止了谈话，细细听着，并嘱咐鲁迪不要睡着了。

那是焚风发出的声音，一阵猛烈的旋风从山上刮向山谷。狂风折断了树枝，如同折断一根根脆弱的芦苇；把河畔的木屋卷到了对岸，如同我们下棋时移动棋子。

狂风刮了一个小时左右。大人们告诉鲁迪，风过去了，他可以睡觉了。长途跋涉让鲁迪筋疲力尽，他好像听到了命令似的立刻睡着了。

第二天清晨，他们早早便动身了。这天，阳光为鲁迪展示了一座座他从未见过的高山、冰川，还有一片片新的雪原。他们已经翻过了从格林德沃可以看见的山脊，进入了瓦莱州境内。可是，他们离新家还远着呢。一路上他们还看到了新的山涧、山谷、森林、山路和房子，还有陌生人。可是，他们看到的人是多么古怪啊！这些人长得奇形怪状，一张张蜡黄的肿胖脸，脖子上长着又大又丑的肉瘤，就像挂着一个个布袋似的。他们都是些呆小病人，整天懒洋洋地四处游荡，用呆滞的眼神望着过路人。患这种病的女人样子最丑陋。鲁迪新家里的人会不会也是这副模样呢？

叔 父

感谢上帝！叔父家里人的长相和鲁迪平常见的人一样，唯一一个患呆小病的是一个可怜的小孩，他是瓦莱州众多患者之一。这些可怜人被家庭抛弃，无家可归，只好轮流到每户人家去生活一两个月。鲁迪来的时候，那个可怜的萨帕利正巧住在鲁迪叔父家里。

鲁迪的叔父是个健壮的猎人，他也有做桶的手艺。他的妻子是个活泼的小个子女人，长着一张鸟儿似的脸，脸上有一双鹰眼，脖子毛乎乎的。

对鲁迪来说，新家的一切都是那么新鲜——这里的人穿着不同的服饰，有着不同的举止和习惯，连他们讲的语言都不同[1]，好在鲁迪的耳朵很快便适应了新的语言。与外祖父那边相比，这个地区要富裕一些。屋子的房间更大，墙上还挂着岩羚角和锃亮的步枪，门上挂着圣母像，圣母像前供奉着阿尔卑斯蔷薇和一盏长明灯。

前面已经说过，鲁迪的叔父是远近闻名的捕羚能手，也是最可信的向导之一。眼下，鲁迪成了这个家的宠儿，尽管家里已经有了一只宠物——那只又聋又瞎的老猎犬。它早已不再跟随叔父外出打猎了，不过，大家并没有忘记它从前的好处，所以，它也被视为家中一员，受到了很好的照顾。鲁迪拍拍它，虽然它如今不太乐意和陌生人亲近，可鲁迪不久便融入了这个家庭，不再是个陌生人了。"我们在瓦莱州的生活还不坏，"叔父告

1　瑞士的官方语言为德语、法语、意大利语。不同的地区使用不同的语言。瓦莱州是法语区，格林德沃则讲德语。

诉鲁迪，"这里有许多岩羚羊，它们不像野山羊那样容易灭绝。比起从前，现在的情况好多了。人们会说他们喜欢过去的好时光，可是，如今的日子不管怎么说都比从前更强。瓦莱州不再像以前一样闭塞，清新的风已经吹进了我们幽深的山谷。旧时代正在远去，新事物总会出现的。"叔父谈兴一浓，便会讲到他年轻的时候。那是很久以前，他父亲正值壮年的时候，瓦莱州就像个封闭的口袋，里面装满了病人和不幸的呆小病患者。

"可是，法国军队来了，"他说，"他们擅长治病。他们能立刻消灭疾病，把病人也一起消灭了。这些法国人很精通打仗，他们打仗的方式不止一种，连法国女人也善于征服。"说着，叔父冲着他妻子——她便是法国女子——点头笑笑。"法国人在我们国家开山辟路的本事太高了！他们在山岩上开凿出了辛普朗路，有了这条路，现在我可以让三岁大的小孩到意大利去。只要这孩子一直沿着这条路走，就能安安全全地走到意大利。"

说到这儿，叔父唱起了一首法国歌，还高呼："拿破仑·波拿巴万岁！"

这是鲁迪第一次听说法国和里昂，他的叔父曾去过这座罗纳河[1]畔的法国城市。

要不了几年，鲁迪便可以成为一个捕猎岩羚羊的好手。他叔父说他骨子里有遗传因子，因此便教他怎么用枪瞄准和射击。

1　罗纳河：发源于瑞士，流经法国。

狩猎季节，叔父便带着鲁迪到山里去，让他喝下热的岩羚羊血，这样可以治疗猎人的眩晕症。叔父还教会了鲁迪辨别会出现雪崩的不同时间：在中午或是傍晚，阳光照射的位置十分关键。他还让鲁迪留心岩羚羊是如何跳跃的，好学会自己在落地时怎么站稳脚跟。叔父告诉他，要是山缝中没有供他立足的地方，他就必须学会用手腕、屁股和腿来支撑身体，必要的时候，连脖子都可以派上用场。叔父说，岩羚羊很机灵，它们会安排"哨兵"放哨，所以，猎人要比它们更机灵才行——要消除人体的气味迷惑岩羚羊。一天，鲁迪跟着叔父外出打猎的时候，叔父把外衣和帽子挂在高山手杖上，岩羚羊便把这当作一个人了。

山路极其狭窄，严格说来，这都算不上是一条路，只不过是令人眩晕的深渊旁一块狭窄突出的岩石而已。上面的积雪已经融化了一半，脚一踩上去，石头就会松动滑落。因此，叔父只能趴着向前爬行。每一块山岩的落石坠入深渊时都会碰到山崖边缘，被弹起来后又再次落下，直到最后消失在黑暗的深渊中。鲁迪站在叔父身后一百多步远的地方，在一块稳固的岩石墩上。从听站之处，他能看见一头巨型秃鹫正在叔父头顶盘旋，显而易见，秃鹫只要用翅膀一击，便能把人扇入深渊，立刻置人于死地。可是，叔父的注意力完全被山崖对面那只带着幼崽的岩羚羊吸引住了。鲁迪的眼睛一直盯着秃鹫，他清楚它的企图，因此，他做好了开枪的准备。突然，岩羚羊猛地跳起，叔父开了枪，那头岩羚羊倒在了枪口下。不过，小岩羚羊却逃走了，仿佛它早已习惯了逃离危险。枪声让秃鹫受了惊吓，它朝另一个方向飞走了。等到从鲁迪口中听说刚才的险情，叔父才明白自己曾面临了多么危险的境地。

回家路上，两人心情极佳，叔父还吹起了口哨，那是他年轻时唱过的曲子。突然，离他们不远处传来一阵奇怪的声音。他们环顾四周，发现陡峭的山坡上，积雪猛然扬起，并开始上下滚动，就像风从铺在原野上的一张床单下吹过似的。曾经如大理石般光滑坚硬的雪层如今裂成了碎片，滔滔雪浪发出雷鸣般的咆哮声。这是雪崩，虽然没有发生在鲁迪和叔父头顶上方，但离他们所站之处不远，甚至可以说很近。

"抓紧，鲁迪！"叔父大喊，"快用力抓紧。"

鲁迪死死拽住身边最近的一棵树的树干，叔父爬到鲁迪上方。雪崩来了，就从离他们几英尺远的地方经过，不过，如暴风般横扫而过的雪崩掀起了巨大的气流，以摧枯拉朽之势将所到之处的树木全部折断，断枝残木如风中芦苇一般被抛向四方。鲁迪蹲伏在地上，他手中的树枝被劈断了，树顶被吹得远远的。叔父就躺在残枝间。他的头被砸烂了，手还有余温，不过脸已经面目全非了。鲁迪站在叔父身边，吓得脸色苍白，浑身发抖。这是他人生中受到的第一次惊吓——他第一次感到全身战栗。

深夜，鲁迪把噩耗带回家中，家里成了伤心之地。婶婶一句话都说不出来，也流不出一滴眼泪。当棺材运到家的时候，她的伤痛才终于爆发出来。那个可怜的呆小症患儿悄悄爬上床，第二天一整天都没有露面，最后，快黄昏的时候，他走到鲁迪身边。

"替我写封信吧，"他说，"萨帕利不会写信，可萨帕利能去邮局寄信。"

"你要写信？"鲁迪问他，"写给谁呢？"

"写给耶稣基督。"

"你说要给谁写信？"

这个傻瓜（人们都这样叫呆小病患者）伤感地看着鲁迪，双手合十，郑重其事地说："我要给救世主写信！萨帕利要给他写信，求他让萨帕利去死，不要让这屋子的那个人死掉。"

鲁迪握了握他的手，说："你的信寄不到上帝手里，上帝也无法让他起死回生。"

可是，要让可怜的萨帕利明白这个道理不是一件容易的事。

"现在你成了家里的顶梁柱了。"寡妇婶婶对鲁迪说。鲁迪真的成了顶梁柱了。

巴蓓特

谁是瓦莱州最好的射手？这个问题的答案岩羚羊们知道得一清二楚，它们会互相提醒："要当心鲁迪。"谁又是当地最英俊的射手？"那当然是鲁迪喽。"姑娘们会说。不过，她们不会说"要当心鲁迪"，甚至连她们严肃刻板的母亲也不会发出这样的警告，因为鲁迪对母亲们也会彬彬有礼地点头打招呼，就像他对女孩子们那样。他的模样看上去多么机灵而令人愉快啊！脸颊是古铜色的，牙齿又白又齐，两只眼睛黝黑闪亮。他是个英俊小伙儿，只有二十岁。他游泳的时候，冰凉的雪水冻不坏他的身体，他在水中如同鱼儿一样灵活自如；他爬起山来比别人都敏捷矫健，能像蜗牛一样紧紧地吸附在山脊上，因为他有一身强健的筋腱肌肉；他擅长跳跃，这本领是先前那只猫教他的，后来，岩羚羊又教会了他更多本事。鲁迪是最让人放心的向导，人人都可以信任他，大概他靠当向导也积攒了一笔钱。叔父还教会了他做桶的手艺，可是，他并不想以此谋生。他更喜欢捕猎岩羚羊，这样挣到的钱更多。鲁迪本来是个结婚的好对象，只可惜他的眼光太高了。姑娘们都梦到和他一起跳舞，事实上，好些女孩子白天清醒的时候心里也会想着鲁迪。

"他跳舞的时候吻过我！"校长的女儿安妮特对闺中密友透露。不过，她不该说的，哪怕是对最亲密的朋友都不该提起。这种秘密难于保守，就如同把沙子倒进滤网里一样一定会泄露。不久，人人都知道了，尽管鲁迪是个诚实的小伙子，可他在舞会上吻过舞伴了，只是他亲吻的不是自己最爱慕的女子。"对，"一位老猎人说，"他是吻了安妮特。他是从字母表上的 A 开始亲吻的，他会把字母表上所有的姑娘都吻遍的。"

到目前为止，舞会上的亲吻是关于鲁迪的唯一流言：显然，他是吻了安妮特，不过她可不是鲁迪的心上人。

在贝克斯山谷下面，在高大的胡桃树林间，有一条涓涓流淌的小溪，这里住着一位富裕的磨坊主。他的宅子是一座三层楼的大房子，屋上还有几个小尖顶，屋顶是厚厚的木板，上面还加了一层金属板，在阳光和月光下同样熠熠闪光。最大的尖顶上装着一个风向标。风向标的样式是一支穿透了一个苹果的利箭，这象征着威廉·退尔的那支箭[1]。这座磨坊看起来温馨舒适，适宜入画。不过，不能把磨坊主的女儿放入画中——至少，鲁迪会这样说，因为在他心里早已有她的画像了。她的双眸在画上晶莹闪亮，让鲁迪的心中燃起一团火焰。同别的爱情之火一样，鲁迪心中的这团火来得是那么突然。最奇怪的是，磨坊主的女儿——美丽的巴蓓特，根本不知道自己占据了鲁迪心中的位置，因为她和鲁迪根本没怎么说过话。

磨坊主很富有，他的财富让巴蓓特成为遥不可及的姑娘。可是，只要努力，没有什么东西是高不可攀的。只要不害怕，就不会落下去——这是鲁迪在外祖父家中便懂得的道理。

一次，鲁迪到贝克斯办事。那儿路途遥远，因为那个时候

---

1 13世纪，统治瑞士的奥地利总督肆意压迫人民，在闹市竖一长竿，竿顶置一帽，勒令行人向帽鞠躬。有一天，射手退尔路过，因抗命不鞠躬被捕。总督在退尔的幼子头顶置一苹果，命令退尔以箭射之，射中即可免罪。退尔出示一箭，声明自己如不幸射中幼子就会以此射死总督。虽然他最终射中了苹果，但总督怒而食言，再次拘捕了他。押解途中，退尔寻机射杀了总督后逃脱虎口。民众拥之为首领，共同反抗奥地利统治，瑞士终得自由。

铁路还未竣工，人们要从罗纳冰川沿着辛普朗山脚走。在高高低低的山路上行进，壮丽的瓦莱山谷绵延起伏，旁边是汹涌的罗纳河，河水经常泛滥，冲刷着两旁的田野道路，造成巨大的损失。在锡安和圣莫里斯这两个小城之间，山谷拐了一个弯，就像弯曲的胳膊肘似的。在圣莫里斯城下面，山谷一下子变得非常狭窄，只容纳得下河床和一条路。这里有一座旧塔楼，是标志着瓦莱州边界的岗塔。塔楼俯视着对岸收税站的石桥。桥那边便是沃州了，不远处便是这个州的第一座城市贝克斯。进入沃州后，越是往里走，便越能感觉到这里的繁荣富足。旅行者仿佛是穿行在胡桃园和栗子树园里一样，四周还有柏树环绕，石榴树上的花儿正在怒放，这里的气候犹如意大利南方一样温暖。

鲁迪按时到达了贝克斯，办完了事情后便在城里转悠了一阵，可是，他并没有遇到磨坊里的人，更别说巴蓓特了，这可有点意外。

夜幕降临，空气中弥漫着野百里香和菩提树的花香，苍翠的山岭笼罩着一层黛青色的闪亮纱幕。大地一片沉寂，这种沉寂并非死一般的阒寂，而是一种安然的宁谧，仿佛大自然中的所有生灵都屏住了呼吸，仿佛它们是等待在蓝色的天幕下拍一张照片似的。绿草地上的树林间立着一根根长杆子，杆子上架着电报线，这些电线从寂静的山谷间穿过。其中的一根电线杆上靠着一个东西，它一动不动，会被人误认为一棵树的树干。

事实上，那是一个人——鲁迪。他静静地站着，纹丝不动，和周围的所有生灵一样安静。他不是睡着了，也不是死去了。可是，就像虽然有时电报传送的是影响重大的要闻，可传送消息的电线杆和电线却悄无声息、一动不动，仿佛对它们正在传输的东西毫无感觉似的，此刻表面平静的鲁迪也正在思考着自己的终身幸福。一个念头正牢牢占据着他的脑海。他的两眼紧盯着一个地方，那是树丛间透出的一点灯光，那灯光来自磨坊主家中巴蓓特的闺房。鲁迪纹丝不动地站着，旁人会以为他是在瞄准岩羚羊呢。这种动物就常常如石雕般站立不动，然后，随着它蹬落的一块石头，岩羚羊会猛地跃起，急速奔跑起来。一个念头也如岩羚羊般在他脑海中猛然闪过。

"绝不要退缩！"他叫道，"去磨坊看看，向磨坊主和巴蓓特道一声晚安。只要不害怕摔下去，你就不会摔下去。要是我打定主意成为巴蓓特的丈夫，那她迟早会见到我。"

想到这里，鲁迪笑了，因为他总是充满勇气。他大步朝磨坊走去，他明白自己想要什么——他想要得到巴蓓特。

土黄色的河床中翻滚着浪花，河水不停向前奔流，柳树和菩提树垂下的枝条在河上飘荡。鲁迪沿着小路径直朝磨坊走去，如同一首童谣唱的那样：

> 没有人来迎接他，
> 只有屋里的猫跑出来。

磨坊主家里的猫蹲在台阶上，叫了一声，竖起了背上的毛发，可鲁迪却无心理会。他敲了敲门，没有人听到他的敲门声，也没有人来应门。"喵——"猫又叫了一声。要是鲁迪还是个孩子的话，他就能听懂猫的话，也就知道猫在告诉他"家里没人"。不过，眼下他只好到磨坊去打听消息了。那里的人告诉他，磨坊主已经到远处的因特拉肯城去了，巴蓓特也和他在一起。那里要举行一场盛大的射击比赛，从第二天开始，要持续一周。瑞士各德语州的人都上那儿去了。

可怜的鲁迪！他只能怪自己运气不好，没有选一个吉日来贝克斯，这会儿他只好回家了。于是，他转身，一路沿圣莫里斯和锡安城朝自己家所在的山谷走去，不过，他并没有灰心丧气。第二天早晨太阳升起的时候，他的兴致一下子高涨起来，因为他的心情从没有真正低落过。

"巴蓓特在因特拉肯，离这里有几天的路程，"他自言自语道，"要是沿着大路走，路途的确遥远，可是，要是翻山走捷径的话，那就算不上多远了，选那条岩羚羊猎手走出来的小路就行了。我以前走过那条路，外祖父家就在那边，我小时候就住在那里。因特拉肯的射击比赛，我也要去参加，还要拿奖。一旦结识了巴蓓特，我就要和她在一起。"

鲁迪带着一个轻便的背包出发了，包里装着他的节日盛装，他的肩上还挎着枪和打猎时用的包。鲁迪沿着近道爬上山，这条捷径也不短，不过，射击比赛今天才开始，要持续一周时间。

在此期间，磨坊主和巴蓓特要和他们的朋友一直待在因特拉肯，因此鲁迪有充足的时间。他穿过了盖米山地，打算从格林德沃那边下山。

鲁迪神采飞扬，清新怡人的山间空气让他精神抖擞。山谷被他远远抛在后面，他眼前的视野越来越开阔：这边出现了一座雪峰，那边又出现了一座，阿尔卑斯山脉的一座座雪山闪着银光，一一呈现在他眼前。鲁迪熟悉每一座山峰，他径直朝斯瑞克峰走去。这座山峰直插云霄，形状犹如沾满白色粉末的岩石手指。

他终于翻过了山脊，一片片如茵的草地从山上向着山下他老家的那个山谷延伸过去。山间空气新鲜，令他感到神清气爽。山上和山谷间处处鲜花盛开，绿意盎然，他的心中燃起青春的激情，对衰老和死亡无所畏惧。他要生活，要奋斗，要享受，要如鸟儿一般自由自在！他感觉自己的身体如飞鸟般轻盈。一群燕子从他身边飞过，它们还唱着鲁迪儿时听过的那首歌："我们和你！我们和你！"一切都畅快如昔。

山下是绿油油的草地，草地间散落着一座座深褐色的木屋。吕申河波涛汹涌，急速流过。鲁迪看到了如玻璃般碧绿的冰川边缘，还有黯黑的雪。他从深深的裂缝往下看，看到了冰川的上部和下部。教堂的钟声在他耳畔响起，仿佛在欢迎他回到山谷的家中来。他的心跳加速，仿佛要胀裂开来。在这一瞬间，连巴蓓特都完全在他心中消失。他的心变得如此广阔，被回忆满满占据。

　　他继续走着，爬上了儿时和小伙伴们一起站着兜售木雕小屋的山路。外祖父的木屋就在松树林中，不过，如今里面住着的是陌生人。孩子们沿着山路朝他跑过来，想卖出手中的货物。其中一个孩子递给鲁迪一朵阿尔卑斯蔷薇，鲁迪认为这是个好兆头，并由此想到了巴蓓特。他很快经过了吕申河两条支流交汇处的那座桥，此处的树林愈发茂密，胡桃树浓密的树荫让人心情舒畅。现在，他看到迎风飞舞的旗帜了，这些旗帜都是红底白十字旗——瑞士和丹麦的国旗都是这样的，不过稍有差别。因特拉肯就在鲁迪眼前了。

　　在鲁迪看来，因特拉肯的美是独一无二、无可比拟的。这座瑞士的小城穿上了节日的盛装。它不像别的城市那样全是一大片一大片的石头房屋，让人觉得阴郁虚伪。这里全是漂亮的木屋，它们好像是从山上跑到这处山谷里来的，还排成一行行，虽然略微有些参差不齐，但却别有意趣。清澈的小河从屋旁欢快地流过。鲁迪小时候曾来过这里，现在，他发现城里最美的一条街道变得更漂亮了。这条街仿佛是由外祖父雕刻出来、放在老屋柜子里的那些整洁的小木屋构成的，好像有人把这排木屋搬到这里，让它们像胡桃树一样茁壮成长起来了。每座木屋都是一家旅馆。旅馆的门窗上都雕刻着花纹，再配上尖尖的房顶，真是精致美观、韵味十足。每家旅馆的前面都有个花园，把宽阔的碎石路和旅馆隔开。所有的木屋都建在道路的同一侧，以免挡住了青翠草地上的风景。脖子上挂着铃铛的奶牛在草地上悠闲踱步，空灵的叮当声和人们在阿尔卑斯山上听到的一样。这一带群山环绕，草地刚好镶嵌在群山中间，这样，便可以观赏到少女峰——这座白雪覆盖、闪闪发光的山峰是全瑞士最美丽的。

这里有好多衣着华丽的外来游客，还有来自瑞士各个州的人们。每一个射击手都把自己的号码别在帽子的花环上。到处都是欢歌笑语，手摇风琴声、小号声齐齐响起，闹成一片。房屋和桥梁上都被诗篇和纹章图案装饰一新，各色旗帜翻飞，不时传来响亮的枪声。在鲁迪耳中，枪声才是最优美的音乐。喧嚣和骚动使他差点忘了巴蓓特，他是为了她而来的。

射击手们都聚集到一起比赛了。鲁迪很快便从其中脱颖而出，成为最棒、运气最好的射击手——他的每一枪都正中靶心。

"这个年轻的陌生射手是谁？"旁观者在互相询问，"他讲的法语好像是瓦莱州那边的口音。"还有人说："他也会讲我们德语州的话。"

"有人说他小时候曾经在格林德沃一带住过。"一个射击手说。

这个陌生的年轻人浑身充满了朝气，双目熠熠闪光，眼神坚定，手臂沉稳，因此总能百发百中。幸运能带来勇气，可是，鲁迪自身便有足够的勇气。没多久，他身边就围上了一圈朋友，他们向他致敬，十分尊崇他。刹那间，他几乎忘了巴蓓特。突然，一只大手拍了拍他的肩膀。一个低沉的声音用法语问他：
"你是从瓦莱州来的？"

鲁迪转过身，看到一个身材高大的男子，红红的脸膛上满
是笑意。这个说话者便是贝克斯那位富裕的磨坊主，他宽阔的
身躯几乎遮住了纤细美丽的巴蓓特。不过，她很快便从父亲身
后探出头来，用明亮的黑眼睛望着鲁迪。富裕的磨坊主看到自
己州里出了个神射手，还赢得了众人的尊崇，感到非常自豪。
当然，鲁迪的确是个幸运的小伙子，因为他想起了自己是为谁
而来，这一切都重新回到了他的脑海。

同乡之人在异地相遇，当然得聊聊天，彼此结识一番。凭
借自己神奇的枪法，鲁迪夺得了射击比赛的冠军，正如磨坊主
凭着他的财富和大磨坊成为家乡贝克斯的首富一样。这两个男
人握了握手，他们还从没有握过手呢。巴蓓特也坦诚地伸出手
来同鲁迪相握，鲁迪握着她的手，热切地望了她一眼，她的脸
唰地一下红了。

磨坊主谈起了他们如何长途跋涉到因特拉肯，以及一路上
看到的许多大城市。在他看来，这段漫长的旅程并不轻松，他
们坐了火车、汽轮，还有邮政马车才到了这里。

"我走的是近路，"鲁迪说，"我是翻雪山过来的，没有
什么路能比这更高了，不过，总能翻过来的。"

"说不定会摔断脖子的，"磨坊主说道，"你太冒失了。
要是你总这样，总有一天会摔断脖子的。"

"噢，只要不害怕，就不会摔下去的。"鲁迪答道。

磨坊主在因特拉肯有亲戚，他和巴蓓特就住在亲戚家里，他也邀请鲁迪同去，因为他们来自同一个州。对鲁迪来说，这个邀请实在太棒了，幸运女神再次眷顾了自己。她总是青睐那些靠自己努力寻求幸运的人，要记住"上帝赐给我们坚果，但要想敲开坚果，得靠我们自己"。

鲁迪和磨坊主的亲戚们坐在一起，就像一家人似的。大家都向这位神射手致敬，巴蓓特也和众人一起碰杯。鲁迪举杯回敬，以示感谢。

黄昏时分，他们沿着旅馆旁那条繁华美丽的大道走着，大道两边是一株株老胡桃树。路上行人熙熙攘攘，不免有些碰撞，鲁迪只好伸手挽住巴蓓特的胳膊。他说，自己非常高兴能遇见沃州来的人，因为沃州和瓦莱州是邻居。他的言辞如此真诚，巴蓓特忍不住紧紧握了握他的手。他们两人如朋友一般在街头漫步，巴蓓特一路谈笑风生，对外国女人奇奇怪怪的可笑穿着举止指指点点，鲁迪觉得她的模样是那么风趣迷人。她不是在取笑她们，因为这些人中应该不乏身份高贵之人。巴蓓特深知这个道理，她自己的教母不就是这样一位高贵的英国妇人吗？十八年前，当巴蓓特受洗的时候，这位夫人就住在贝克斯。她还送给巴蓓特一枚贵重的胸针作为礼物，这枚胸针此刻就别在巴蓓特的胸前。教母曾两次写信给她。今年，巴蓓特本来是要和教母以及她的两个女儿在因特拉肯相见的。"她的两个女儿都快三十岁了，都是老姑娘了。"巴蓓特说，因为她自己只有十八岁。

巴蓓特的小嘴叽叽喳喳讲个不停，在鲁迪听来，她所说的一切都无比重要。鲁迪也在讲话，有些话必须得让她知道：他经常去贝克斯；他非常熟悉磨坊；他常常看见巴蓓特——尽管她可能没注意到他。鲁迪还说，自己最近满怀心事地去过她家的磨坊，可惜她和她父亲都不在家，到因特拉肯这个遥远的地方来了。不过，这个地方还没有远到让他无法翻越屏障、一路跟来的地步。

他说了好多好多。他说自己有多么喜欢巴蓓特，自己到这里来就是为了她，而不是为了参加射击比赛。

巴蓓特静静地听着，对她而言，他说的这些秘密太沉重了。

他们漫步的时候，太阳沉入了高高的山岩后面。一座座翠绿的山峦环绕着秀美绝伦的少女峰，人人都驻足欣赏着这样的美景，鲁迪和巴蓓特也流连忘返。

"太美了，没有比这更美的了！"巴蓓特说。

"的确是没有比这更美的了！"鲁迪也叫道，他看着巴蓓特，"明天我就要回去了。"两人沉默了一阵。

"到贝克斯来看看我们吧，"巴蓓特悄声说，"我父亲会很高兴的。"

回家路上

　　第二天，鲁迪要翻过高山回家去了。天哪！他的行囊装得满满的。他要带上三座银奖杯、两把上好的步枪，还有一个银咖啡壶。等到他成家时，这咖啡壶可是个好家当。不过，他要携带的远不止这些，他还背负着更沉重有力的东西，或者说，是这重荷支持着他，带着他翻山越岭，朝家进发。一路上天气十分恶劣，天总是灰蒙蒙的，还下着大雨。乌云低垂在山顶，如同葬礼上的黑纱，遮住了昔日闪亮的雪山顶峰。林木茂盛的山谷中传来最后几下斧子砍树的声音，树干随后顺着山坡滚下。从山上往下看，一棵棵树木犹如细细的竹签，等走近才发现，这些树木粗壮得能充当大船的桅杆。吕申河吟唱着单调的曲子，日夜不停地向前奔流。阵阵山风吹动了乌云。突然，一个年轻女子出现了，和鲁迪并肩而行。在她靠近鲁迪之前，他并没有注意到她的存在。她和鲁迪一样，也想翻过山去。女子的眼睛似乎有一种特别的力量，让人忍不住想去看它们。那双眼睛犹如玻璃般透明，而且很深邃，仿佛一眼望不见底似的。

　　"你有心上人吗？"鲁迪问她，因为他的心思全在这上面了。

　　"我没有。"女子笑着回答。可是，她说的不像是真话。"别走那边，"她说，"我们应该靠左边走，这样更近些。"

　　"是啊，也更容易掉进冰缝里面去，"鲁迪答道，"你想当向导，可是却不怎么熟悉路径。"

"我很熟悉这条路，"女子回答，"也没有走神，可你却心不在焉。在这儿，得留神冰姑娘。她可不喜欢人类，大家都这么说。"

"我不怕她，"鲁迪叫道，"我小时候她就拿我没辙，如今我长大了，更不会向她屈服了。"

夜色渐浓，大雨夹杂着雪花纷纷而下，让人头晕目眩。

"拉着我的手，"女子对鲁迪说，"我带你爬山。"

鲁迪感到女子冰冷的手指触碰到了自己的手。

"你带我？"鲁迪高声道，"我才不要女人来教我怎么爬山！"

他加快步伐，离开了那年轻女子的身边。纷飞的雪花在他周围簌簌落下，围成了一圈。山风呼啸不停，他听到身后传来女子奇怪的笑声和歌声。他敢肯定这个女子是冰姑娘手下的精灵。鲁迪小时候从外祖父家去叔父家的路上，在山上夜宿时曾听人讲起过这种神秘的生灵。

雪下得没那么大了，云团在低处堆积。他回头看看，可什么都没看见。不过，他仍然能听到笑声和歌声，那根本不像是人类发出的声音。

鲁迪最终到达了雪山的最高处，山路由此向下通往罗纳河谷。他朝夏蒙尼那边望去。幽蓝的夜空中，有两颗星星在闪烁，他想起了巴蓓特和他自己，还有他的好运气。一想到这些，他的心中便觉得十分温暖。

拜访磨坊

"你带回来这么多宝贝啊！"老婶婶惊呼道。她那双奇特的鹰眼闪着光，来回扭着细细的脖子，样子看起来更加奇怪了。"你运气真好，鲁迪！我得亲亲你，我的好孩子！"

鲁迪让她吻了吻自己，可他脸上的表情却是不情愿的。他只是在勉强应付家人的热情。

"你真是个英俊的小伙子，鲁迪！"老妇人说道。

"别这样夸我。"鲁迪回答，可他脸上露出了笑容。婶婶的话，他还是很受用。

"我再说一次，"她说，"你交上好运啦！"

"也许你说得对。"鲁迪说，他想到了巴蓓特。他从没有像这样盼望着能下山走入那深深的山谷中去。

"他们肯定回来了，"他自言自语道，"离他们预计回来的日子已经过了两天了，我得去贝克斯瞧瞧。"

于是，鲁迪去了贝克斯。磨坊主一家都在。他们热情地款待了他，他们在因特拉肯的亲戚也托磨坊主向鲁迪问好。巴蓓特没有说多少话，她变得有些寡言少语，可她的眼睛会说话，这已经让鲁迪很满足了。磨坊主习惯围绕自己关注的话题来聊天，总是希望他的听众能对他讲的笑话有所反应，因为他是富有的磨坊主。但他仿佛怎么都听不厌鲁迪打猎的冒险故事。鲁迪讲的都是在高山上捕猎岩羚羊时遇到的艰险：他是怎么悬在山崖上的；他是怎么翻过了易碎的冰雪层——这些冰雪层是由于寒冷霜冻才附着在山崖边缘；他又是怎么爬过积雪结冻形成的雪桥——这种雪桥延伸出去，连接着两边的峡谷。当勇敢的鲁迪讲起猎人生活时，他的两眼闪闪发光。他还谈起狡猾的岩羚羊和它们惊险的跳跃，谈起狂烈的旋风和摧毁一切的雪崩。鲁迪清楚地感到，自己每一次所讲的不同故事让磨坊主越来越着迷了。这个老人对年轻人讲的秃鹰和鹫的故事尤其感兴趣。

瓦莱州的地界内，离这里不远的地方有处老鹰的巢穴。聪明的老鹰把巢筑在了一处陡峭的悬崖下凹进去的地方，鹰巢中有一只雏鹰，谁也抓不到它。几天前，一位英国人对鲁迪许下一大把金子，让他想法活捉这只雏鹰。

"可是，凡事都有限度，"鲁迪说，"没人能抓到那只雏鹰，连试一试都属于痴心妄想。"

一杯杯酒喝下去了，一个个故事也讲完了。可是，对鲁迪来说，初次拜访磨坊主的这个夜晚实在太短暂了，虽然他告别的时候已经过了半夜。

透过树林能看到，磨坊主家窗户上的灯光过了一会儿才熄灭。客厅里的猫从房顶上的换气孔里爬出来，它和厨房里的猫在下水管处会合了。

"你知道磨坊里的新闻吗？"客厅的猫问，"这家里有人悄悄订婚了，她父亲还被蒙在鼓里呢。鲁迪和巴蓓特一整晚都在桌子下面互相踩对方的爪子，害我被踩了两次。可是，我没敢叫出声，那样太引人注意了。"

'换作我，我就会叫。"厨房的猫说。

"厨房里会发生的事情永远不会出现在客厅里，"客厅的猫说，"不过，我倒是很好奇，要是磨坊主知道他们俩的恋情，会有什么反应。"

是啊，磨坊主会怎么说呢？事实上，鲁迪也想知道这个问题的答案。他无法忍受不知所措的漫长等待。几天后，一辆公共马车驶过瓦莱州和沃州之间的罗纳河桥，鲁迪坐在车里。他和往常一样精神抖擞，一想到今晚就能得到自己所期盼的许可，心里就暖洋洋的。

夜幕降临，公共马车行驶在归途中，鲁迪又成了车上的乘客。不过，在磨坊里，客厅的猫有重大新闻要透露。

"你在厨房里听说了吗？磨坊主得知了前前后后所有一切，结局还不错。鲁迪是傍晚来的，他和巴蓓特有好多悄悄话要讲，他们就站在她父亲房间外面的走廊上。我就躺在他们脚下，可是他们一点儿都没注意到我。'我不绕弯子了，我要直接去找你父亲，'鲁迪说，'这是最坦白的方式。''你要我和你一起去吗？'巴蓓特问他，'这样你会更有勇气。''我已经有足够的勇气了，'鲁迪回答，'但如果有你在，不管他乐意不乐意，他会更和气一些。'接着，他们俩便一起进去了。

鲁迪重重地踩到了我的尾巴，这个家伙太笨手笨脚了。我大叫了一声，可是，他和巴蓓特好像都没长耳朵似的，压根没有听到我的叫声。他们打开房门，走进屋里，我跑在他们前面，然后跳到了一张椅子的背上，因为我不知道鲁迪的脚会踢到什么地方。可这次却是磨坊主踢了他一脚。这一脚可真厉害，把鲁迪踢到了门外，踢到了山上的岩羚羊群里。他可以去瞄准岩羚羊，但别想瞄准我们的巴蓓特了。"

"可他们到底说了些什么呀？"厨房里的猫问。

"说了些什么？他们说的都是求婚时那些常说的话。鲁迪说：'我爱她，她也爱我。要是有一个人的饭吃，那就不会少了另外一个人的。''可是，她处在你高不可攀的位置，'磨坊主回答，'她站在一堆金子上，你应该了解，你够不着她的。''只要下决心，没有什么地方是一个男人爬不上去的。'鲁迪直率地回答。'可是，你自己那天就说过，你够不着鹰巢。巴蓓特站的地方可比鹰巢还高。''这两个我都能得到。'鲁迪说。'你要是能活捉雏鹰，我就把巴蓓特嫁给你，'磨坊主说着，眼泪都笑出来了，'不过现在，谢谢你的光临。你明天再来的话，就会发现家里没人了。再见，鲁迪。'巴蓓特也和他道别，她那可怜样儿就像是一只见不到母亲的小猫。'男人就得说话算话，'鲁迪说，'别哭，巴蓓特，我会为你带回雏鹰的！''希望你摔断脖子，'磨坊主说，'这样，我们就可以摆脱你的纠缠了！'这就是我说的鲁迪挨的那一脚了。"

"鲁迪走了，巴蓓特还坐在那里哭，磨坊主却唱起了一首德语歌。这首歌是他上次旅行时学会的。我不想再为这事儿操心了，没用！"

'你就别装了。"厨房的猫说。

鹰 巢

石子路上传来一阵歌声，欢快而有力，一听就知道唱歌的人充满了勇气和信心。这个人便是鲁迪，他来找他的朋友维斯兰德。

"你得帮帮我，我们再去叫上拉格利。我要爬上山，捉住岩石上鹰巢里的那只雏鹰。"

"你难道不想先去把月亮捉下来吗？"维斯兰德问他，"那恐怕还要容易点。不过，你现在心情看起来不错啊！"

"那是当然，因为我想快点成婚。说正经的，我来告诉你这是怎么一回事吧。"

于是，维斯兰德和拉格利得知了事情的来龙去脉。

"你这个冒失鬼，"他们说，"这事办不到，你会摔断脖子的。"

"只要不害怕，你就不会摔下去。"鲁迪坚定地说。

半夜，他们带着竿子、梯子和绳索出发了。他们穿过树林和灌木丛，爬过疏松的滚石堆，在黑夜中一直向上攀登。河里的水流在他们下面急速而过，泉水从山上向下滴淌，低沉的乌云从空中飘过。三个猎人到达了陡峭的山岩边。这里更黑，峡谷的两侧离得很近，几乎触手可及，只能从一处狭窄的裂缝中望出去，看到天空。他们四周是深渊，下面是奔腾的河水。三个人坐在岩石上，等待黎明的到来。那时老鹰会从窝里飞出来，他们得先射中老鹰才可能捉住雏鹰。鲁迪坐在地上，默不作声，仿佛变成了他身下那块岩石的一部分。他把步枪放在身前，枪里装着子弹。他的两眼死死盯着高处的山裂缝，鹰巢就藏在高处的岩石下方。这三个猎人等了很久。

忽然，他们头上响起一阵急促的嗖嗖声，一个庞然大物飞了起来，它的身影遮蔽了天空。老鹰刚从巢中飞起，两支枪就瞄准了它。一声刺耳的枪声响起，那双展开的翅膀还继续滑行了一阵，然后，这只鸟儿便开始缓缓下坠。它那巨大的双翼仿佛要将山壑填满，它坠落时的冲力几乎把三个猎人掀下山谷。老鹰落入了深渊，它下落的时候砸断了树枝和灌木丛。

现在，猎人们开始行动了，他们把三架最长的梯子绑在一起，这样才够高。梯子立在深渊边缘最外面的一个稳固的地方。可即便这样，还是够不着鹰巢。鹰巢还在更高处，就隐藏在那块突出的岩石下面，那里的岩壁如墙壁般光滑。他们商量了一会儿，决定把两架梯子绑在一起，从上面的山缝中往下放，再把这两架梯子和下面已经安放好的三架长梯连在一起。他们费了很大力气才把两架梯子拉上山崖，用绳子把它们绑牢，然后又把绑好的梯子顺着突出的岩石放下去，这样梯子就悬在了深渊上。鲁迪已经爬到了梯子的最下面一级。那是一个天寒地冻的早晨，阵阵雾霭从黑暗的峡谷中升起。鲁迪坐在梯子上，就像一只苍蝇落在一根在空中飘荡的麦秸秆上一样。这根麦秸秆是某只筑巢的鸟儿衔来，放在工厂的烟囱边缘的。麦秸秆要是落下，苍蝇还能振动翅膀逃走，可是鲁迪却没有飞翔的能力，要是梯子掉落，他就会摔断脖子。山风在他身旁呼啸，下面的深渊中，来自冰川的水流发出雷鸣般的轰鸣声，那冰川便是冰姑娘居住的宫殿。

接下来，他在梯子上荡了荡，像只蜘蛛一样飘来荡去，最后悬在蜘蛛丝的最尾端，好趁机抓住猎物。等鲁迪荡到第四下的时候，他碰到了下面竖着的梯子的顶端，下面的三架梯子早已经绑好了，他牢牢地抓住了下面的梯子，然后用有力的大手把上下两头的梯子连到一起，不过，这几架梯子还在晃来晃去，仿佛连接它们的铰链松了似的。

五架梯子就这样绑在了一起，直直地靠在岩壁上，就像是一根长长的芦苇在空中摇荡。接下来就是最危险的一步了，需要有猫一般的爬行本领。好在鲁迪学过这种本事，就是猫教会他的。他没有察觉到站在他身后空气中掌管眩晕的精灵，这精灵正朝他伸出水蜘般的长触手。他站在最高的梯子最上面一级，感到还是不够高，看不到鹰巢里面，只能用手摸到鹰巢。他试了试那些搭在鹰巢底部的、纵横交错的粗壮树枝的稳固程度。等他找到一根牢固不动的树枝后，便抓住这根树枝，纵身一跃，倚靠在了树枝上，这样，他的头和肩就比鹰巢高了。一阵令人作呕的腐肉味儿朝他涌来，那是因为鹰巢里有不少岩羚羊、鸟类和绵羊腐烂的碎肉。掌管眩晕的精灵对鲁迪无计可施，只好朝他脸上吹这些有毒的臭气，折磨他的神经，好让他难受。在他们下面，在黑色的深渊里，在奔腾咆哮的水流上，坐着冰姑娘。她披着一头淡绿色的长发，用冰冷死寂的眼神盯着鲁迪。

"现在我要抓住你了！"她想。

鲁迪看见那只体型巨大的雏鹰就在鹰巢的一角。它的羽翼尚未丰满，还不会飞，只能蹲在巢里。鲁迪盯着它，一只手用尽全力抓住树枝，另一只手甩出绳套去捉雏鹰。雏鹰被活捉了！它的腿被结实的绳套拴住了，鲁迪把绳子和雏鹰甩过肩头，这样这只鸟儿就悬在了他身下。接着，他紧紧抓住同伴扔下来的绳子爬下来。最后，他的脚终于触到了梯子的最上面一级。

"抓牢！只要你相信自己不会摔下去，你就不会摔下去！"这是经验之谈，鲁迪不会违背。他紧紧地抓着梯子往下爬，心里确信自己不会摔下去——当然，他就没有摔下去。

接着，一阵兴奋的欢呼声响了起来，鲁迪带着被捕获的雏鹰，终于稳稳当当地站在坚实的山岩上了。

客厅的猫传出的消息？

"这就是你要的东西！"鲁迪说着，走进了贝克斯的磨坊主家里。

鲁迪把一个大大的篮子放在地上，揭开了蒙在篮子上的一块布。篮子里有两只眼睛正盯着外面，黄色眼睛的周围有黑眼圈。那家伙明亮的眼睛露出狂怒的神情，仿佛要喷出火来，将所有看到的东西都啄上一口再烧毁似的。那粗短的喙大张着，仿佛随时准备猛啄一口。这家伙红红的脖子上还长满了绒毛。

"雏鹰！"磨坊主叫道。

巴蓓特高叫一声，后退了一步。不过，她的眼睛一刻也没有离开鲁迪和雏鹰。

"你倒没有被吓退。"磨坊主说。

"你也总是信守诺言的，"鲁迪答道，"每个人都有自己的个性。"

"可是，你怎么没有摔断脖子呢？"磨坊主问。

"因为我抓得紧，"鲁迪回答，"我现在也抓得紧，我在紧紧抓着巴蓓特呢！"

"先看看你能不能得到她吧。"磨坊主说完，笑了。不过，他的笑声是个好兆头，巴蓓特了解他。

"我们得先把雏鹰弄到篮子外面来，它这眼神能把人吓坏。不过你是怎么抓住它的？"

鲁迪只好讲起了他的冒险故事。磨坊主听着，一双惊奇的眼睛越睁越大。

"你勇气十足，又有好运，像这样，你可以养活三个妻子了。"磨坊主最后评价道。

"谢谢你的夸奖！"鲁迪说。

"不过，你还没有得到巴蓓特呢。"磨坊主继续说。他开玩笑似的拍了拍这位年轻猎人的肩膀。

"你知道磨坊里的新闻吗？"客厅里的猫问厨房里的猫，"鲁迪把雏鹰带到咱们这儿来了，要用它来交换巴蓓特。他们互相亲吻过了，还让老头子也看见了。这差不多算是订婚了。老头子不踢鲁迪了，他收回了自己的爪子，去打瞌睡，好让两个年轻人坐在一块儿叽里咕噜地说话。他俩说起话来没完没了，好像到圣诞节都说不完似的。"

他俩的话真的到圣诞节也没有说完。狂风卷起枯黄的落叶，雪花漫天飞舞，落到山谷里、高山上。冰姑娘坐在自己巍峨的城堡里。一到冬天，她的城堡就更加雄伟了。夏天的时候，山泉如纱幕般流经的岩石壁，到了冬天便结起厚厚一层冰。冰柱如松树干那般粗，沉甸甸地垂下来，像一头大象。雪花覆盖的冷杉树上挂着点点冰晶，这些冰晶形状各异，晶莹剔透。冰姑娘乘着呼啸的寒风，飞翔在深谷之上。大雪一直蔓延到了接近贝克斯的地方，冰姑娘也来到了这里，看见鲁迪坐在磨坊主家中。这个冬天与众不同，鲁迪待在室内的时间要比在户外的时间更多，他总是坐在巴蓓特身边。明年夏天，两人就要举行婚礼。他们耳边常常听到有关婚礼的话题，朋友们经常谈论他们的婚事。磨坊里一片春光明媚。娇艳的阿尔卑斯蔷薇正在开放，心花怒放的巴蓓特脸上总带着微笑，她如春天一般美丽动人。这样的春天让所有鸟儿为夏日歌唱，为婚礼歌唱。

"这两人怎么总坐在一块儿说个不停呢！"客厅里的猫说，"我真是听够了他俩的甜言蜜语。"

冰 姑 娘

春天在胡桃树、栗子树上舒展开自己如花环般的嫩绿枝叶，这片胡桃树和栗子树林从圣莫里斯桥沿着罗纳河一直延伸到日内瓦湖畔。河水从源头处奔流而下，它的源头便是冰姑娘所居住的绿色冰川。

冰姑娘乘着疾风而上，飞到最高的雪原上，躺在她的雪榻上休息。她坐在雪榻上，两眼能看到远方的深谷。深谷中，人们正忙得热火朝天，犹如在被烈日曝晒的石头上忙活的蚂蚁一样。

"你们这些富有精神的灵魂——太阳的孩子们就是这样叫你们的吧——只不过是些虫子罢了！"冰姑娘说，"我要是从高山上滚下一个雪球，就能把你们、你们的房子全部摧毁，将你们的城镇夷为平地！”

她抬起高傲的头颅，用能置人于死地的目光环顾四周，望向远方。

山谷里传来了一阵隆隆声，人们在炸开山石。他们正为铺筑铁路而修建路基、开凿隧道，这是人类的工程。

“他们就像鼹鼠一样，”冰姑娘说，“在地底下挖洞，这声音听起来就像在放枪。要是我随便动一动我的任何一座城堡，那声音准比打雷还响。”

山谷上升起一阵轻烟，如同一张飘扬的纱幕正向前移动，这是火车头冒出的烟雾在随风飘荡。火车头在新近铺设的铁轨上拖着长长的火车向前跑，就像一条卷曲盘旋的蛇。一节节车厢构成了这列火车，火车一开动便如离弦之箭般飞快。

“他们还妄想成为大自然的主宰，这些有精神的灵魂，”冰姑娘说，“可惜，大自然的力量要比他们的力量更强大。”

说完，她大笑起来，笑声在山谷中回荡。

不过，太阳的孩子们赞美人类精神的歌声更嘹亮。他们能移山倒海，改变世界。人类的思想是大自然力量的主宰。这会儿，冰姑娘辖区的冰原上走过来一群人，他们是一队旅行者，绳子将他们牢牢地连在一起，使他们在深谷边缘滑溜溜的冰面上形成了一个大大的整体。

“你们这些虫子！”冰姑娘高喊，“你们像大自然的主宰吗？”

她的目光从这群人身上移开，轻蔑地朝下面的山谷望去，长长的火车正在谷中奔驰。

"他们坐在那里，这些人类！还以为自己拥有掌控大自然的力量！我看到他们了，每一个都看得清清楚楚！还有一个家伙独自坐着，高傲得像个国王。其他人挤成一团，有一半人睡了。等蒸汽长龙停下来，他们便下车各走各的，到世界各处去。"

她又笑了起来。

"又雪崩了！"山谷里的人们说。

"雪崩到不了这里。"坐在蒸汽长龙后面的两个人说。俗话说，两颗心贴在一起跳动，便如一颗心似的。这两个人便是巴蓓特和鲁迪，当然，磨坊主也和他们一起。

"我就像一件行李，"磨坊主说，"一个他们的附属品。"

"他们俩坐在那里，"冰姑娘说，"我不知摧残过多少头岩羚羊，踩躏过多少朵高山蔷薇，将它们连根拔起。我要消灭他们，将这些有精神力的灵魂铲除。"她的笑声再次响起。

"雪崩又来了。"山谷里的人说道。

巴蓓特的教母

蒙特勒、克拉伦斯、维尔奈克斯及克林这几座小城都坐落于日内瓦湖的东北部，它们如花环一般环绕在湖周围。巴蓓特的教母——那位英国贵妇，和她的女儿们，还有一位年轻人，就住在蒙特勒。这位年轻人是他们的亲戚。他们刚到蒙特勒不久，不过，磨坊主已经拜访过他们了，带去了巴蓓特订婚的消息，还有鲁迪和雏鹰的故事，以及他去因特拉肯的事。总而言之，教母一家已经愉快地获悉了一切。他们对鲁迪、巴蓓特和磨坊主都十分友好，并力邀三人一起来看望他们。巴蓓特想去看看自己的教母，教母也想多了解了解巴蓓特。

小城维伦纽夫位于日内瓦湖畔，这里有开往蒙特勒下游的维尔奈克斯市的汽船，航程只有半个小时。许多诗人都吟诵过这片湖岸。拜伦就曾坐在这里的胡桃树下，荡舟于绿莹莹的深湖上。他在此写下了被困在锡雍幽暗的石堡中的囚徒长诗 [1]。远方的克拉伦斯，一株株垂柳倒映在水中。卢梭曾在此漫步，脑海中想着他的爱洛伊斯。罗纳河从萨伏伊市冰雪覆盖的高山上流下，离河口不远处的湖中有个小岛，面积不大，从岸上看去就像一艘停泊在湖面的船。它是一块露出水面的礁石。大约一个世纪前，一位妇人用石头把小岛围了一圈，往岛上填入了泥土，种下了三株金合欢树，如今，这三棵树的浓荫已经能遮蔽小岛了。

巴蓓特很欣赏此处的景色，这大概是这次旅途中她见过的最美的风景了。她想登上小岛看看，因为那里景色一定十分怡人，可惜，汽船一下就开过去了。按照惯例，船在维尔奈克斯

1　此处指英国著名诗人拜伦在瑞士期间所写的诗歌《锡雍的囚徒》。

才会靠岸。

鲁迪一行人沿着阳光照耀下的围墙走着，蒙特勒的果园外面都是这样的围墙。一株株无花果树浓浓的绿荫为农舍挡住了阳光，花园里还长着月桂和柏树。半山腰上坐落着一家旅馆，那位英国夫人便住在此处。

他们受到了教母一家热情的款待。巴蓓特的教母长着一张圆脸，非常和气的样子。她小时候一定长得像拉斐尔画中的天使，不过现在，这位天使的面容已经老了，满头银色卷发。她的两个女儿都是个子高挑的窈窕淑女。和她们同住的年轻人从头到脚一身白，一头黄发，还留着一大把黄色的络腮胡须，三个普通人的胡须加起来都不如他的浓密。这位年轻人立刻显示出对巴蓓特的关切来。

教母房间宽大的桌子上散放着大量装帧精美的书籍、乐谱和画册。阳台的门敞开着，从阳台上能眺望辽阔如画的日内瓦湖，湖面上波光粼粼。萨伏伊的群山、湖边的小城、森林以及白雪皑皑的山峰都清清楚楚地倒映在水中。

鲁迪向来坦诚直率、开朗随和，这段时间却感到十分不自在，他的一举一动都如履薄冰，这段时间对他来说真是漫长的煎熬！他觉得自己简直像是在踩着磨轮一样缓慢无聊！他们甚至还要外出散步，这样的散步同样缓慢无聊。鲁迪每走两步就想倒退一步。不过，他还是得和大家走在一块儿。他们去了锡雍，去看了那座幽暗的小岛上古老阴郁的城堡。城堡里用来折磨犯人的刑具、死囚牢，还有墙上锈迹斑斑的锁链、死刑犯坐的石凳，以及那扇活板门——不幸的囚犯会被人从活板门推下去，然后被水中的铁钎戳中身体。

这群参观者却说很高兴看到这些东西。这个地方是用来执行酷刑的，拜伦曾在他的诗中提及此地。鲁迪只感受到了它作为监牢的一面。他靠近一扇巨大的石头窗框，朝外面幽深碧绿的湖水望去，看到了远处长着三棵金合欢树的小岛。他真希望自己能到那个岛上去，好摆脱这群喋喋不休的人。可是巴蓓特兴致很高，她说自己非常享受这样的时光，还对鲁迪说，那位年轻的表兄真是一位十足的绅士。

"他是个十足的傻瓜！"鲁迪说。

这是鲁迪第一次说出让巴蓓特不舒服的话。那个英国人送给她一本书作为游览锡雍的纪念，那是拜伦的长诗《锡雍的囚徒》法文译本，以便巴蓓特阅读。

"这本书可能写得不错，"鲁迪说，"可是，我讨厌送你书的那个油头粉面的家伙。"

"我看他倒像个没装面粉的面粉口袋。"磨坊主说。他对自己诙谐的说法笑了起来。

鲁迪也笑了，说他也这么认为。

表 兄

几天后，鲁迪又去磨坊主家的时候，发现那位年轻的英国人也在。巴蓓特专门为客人烧了一道菜——鳟鱼，肯定还亲手用欧芹装饰了这道菜，好让它看上去更诱人——她原本大可不必如此费事的。这个英国人到这里来到底想干什么？让巴蓓特殷勤地招待他吗？鲁迪心生嫉妒，这让巴蓓特有些自得，因为她想熟悉他内心的每个角落。对她来说，爱仅仅是场游戏，她玩味着鲁迪的整个心灵。不过，我们得承认，他是她的快乐、生命和思想源泉，是她在世上所拥有的最宝贵的财富。然而，他脸色越是阴沉，她眼中的笑意越浓。她还想吻吻可爱的黄胡须英国人，要是这样做能让鲁迪发狂走掉的话，那将证明他对她的爱有多深。巴蓓特的做法是不明智的，不过她只有十九岁，想法并不成熟。至少，她没有想到自己的行为可能会招致英国人的误解，让他对磨坊主受人喜爱、刚订婚的女儿产生不良印象。

巴蓓特家的磨坊就在一条大路旁。这条路从贝克斯通往一个叫作"迪亚布勒雷峰"的地方，那里的高山终年积雪。磨坊不远处有条湍急的山溪，溪水呈灰白色，如同泛起泡沫的肥皂水。磨坊不是靠这条小溪的水流来转动的，有一条更细的溪流推动了磨坊的转轮，它是从湍急的山溪上游的一块山石处分出的支流，流经一处石坝。高高的石坝增加了小溪的落差和动能，一条长长的木头水槽将溪水引下来，水槽总是满满的，溪水甚至溢出了水槽外。这条湿滑的水槽成了沿着水槽行走的人们可选择的路径，是他们到磨坊的最短捷径。除了那个英国人，谁会想到沿着水槽走到磨坊去呢？英国人穿着一身白衣，就像一个磨坊工人。他是晚上爬过来的，巴蓓特闺房中透出的灯光就是他的向导。可是，他不懂得如何像鲁迪一样爬行，因此差点一头栽进下面的溪水中。不过，他总算逃脱了，只沾湿了衣袖，弄脏了裤子。就这样，浑身湿漉漉、沾满了泥点的英国人来到了巴蓓特房间的窗下。他爬上了高高的老榆树，开始学起猫头鹰的叫声——他只会模仿这种鸟的叫声。巴蓓特听到鸟叫，便透过薄薄的窗帘向外看。她一看到那白色的身影，便猜到了他是谁。恐惧和愤怒使她心跳加速，她匆忙地熄灭了房里的灯火，检查了所有的窗栓，确保它们都已插牢，然后便由着英国人在外面随心所欲地乱叫。

这会儿要是鲁迪也在磨坊的话，那就太可怕了！可惜，他不在那里——情况比这更糟糕，他就站在那棵老榆树下面。树下响起吵嚷声，或许还会有争斗，甚至是谋杀。巴蓓特吓得打开窗户，叫着鲁迪的名字，恳求他离开，说她不想让他留在这里。

"你不让我留下？"鲁迪高呼，"你们原来都计划好了！你在等你的'好朋友'，他比我还好！可耻啊，巴蓓特！"

"你太可恨了！"巴蓓特哭喊着说，"我恨你！你走！你走！"

"你不该这样对我。"鲁迪说完走了。他的脸烫得如同火烧，心像是掉进了油锅。

巴蓓特扑在床上抽泣起来。

"我是这么爱你，鲁迪！你却把我想成了坏女人！"她愤怒了，这对她有好处，要不她会痛苦得无法入睡。

现在，她能睡觉了。睡上一觉，她便能恢复健康和青春。

邪　灵

鲁迪离开贝克斯，走上了回家的路。他爬上高山，呼吸着清新凉爽的空气。山上有积雪，这里是冰姑娘的属地。山下生长着枝繁叶茂的树木，看上去就像是地里长的庄稼，而松树和灌木丛则显得越发矮小，高山蔷薇在积雪旁生长，地上散布着一块块积雪，就像是晾晒着的一张张床单。路旁有一株蓝色的龙胆树，鲁迪一枪便打断了它。

高处有两头岩羚羊。鲁迪一见便两眼发光，他有了新的想法。不过，他离岩羚羊远了点，没把握射中，因此他又往上爬了一段，来到一处只有一些荒草的乱石堆中。岩羚羊在雪地上悠闲地漫步，他的脚步却很匆忙。一片可恶的乌云开始在他身边聚拢，他猛然发觉自己来到了一处陡峭的岩壁前面。此时，大雨开始倾盆而下。

鲁迪感到十分口渴，喉咙如火烧似的。他的额头很烫，四肢却是冰凉的。他拿起捕猎时携带的水瓶，可瓶子里空空的——他气冲冲爬上高山时忘了给瓶子灌水。他从未生过病，不过，现在他却预感到自己要病了，因为他又累又乏，只想躺下睡上一觉，顾不得周围大雨如注。他想打起精神来，可眼前的一切都在奇怪地旋转颤抖。突然，他看到前方出现了一座门户低矮的新房子，他从未在这里见过这座房子，它是沿着山岩搭建的。房子门口站着一位年轻姑娘，长得像校长的女儿安妮特，他曾在一次舞会上吻过她。然而，那不是安妮特，尽管他感觉自己曾见过她。也许就是在那晚，他参加完射击比赛，从因特拉肯回家的路上，途经格林德沃时见到的那位姑娘。

"你怎么来了？"鲁迪问她。

"这是我家呀，我在看守我的羊群呢。"姑娘答道。

"你的羊群？它们在哪儿吃草呢？这里只有积雪和岩石。"

"你对这里还挺了解的，"姑娘笑着说，"就在我们身后，下面一点的地方，有一处肥美的草地，我的羊都在那里吃草。我把它们看得牢牢的，一只羊都没有丢过，属于我的便永远是我的。"

"你的胆子挺大。"鲁迪说。

"你也是啊。"姑娘回答。

"你屋里要是有羊奶，请给我喝一点吧，我口渴极了。"

"我有比羊奶更好的东西呢。"姑娘说，"我给你喝那个吧。昨天有个向导带着几名游客路过，他们留下了这瓶酒，忘了带走。你可能还没尝过这种酒的味道。他们不会回来取的，我也不喝酒，所以，你可以喝喝看。"

姑娘拿出酒瓶，把酒倒进一个木头杯子，然后把杯子递给了鲁迪。

"这酒不错。"鲁迪说，"我还没尝过比它更烈的酒呢！"

他的眼睛亮起来，身体里产生了一种炽热的活力，仿佛一切忧虑和压力都如空气般消失了，一种新鲜的人性在他体内不停地躁动。

"怎么回事，你肯定就是安妮特！"他高喊着，"吻我一下吧！"

"好吧，把你手指上戴着的那枚漂亮的戒指给我。"

"你要我的订婚戒指？"

"对，就是它。"姑娘说。

姑娘又倒了一杯酒，递到鲁迪嘴边，让他喝了下去。生命的欢乐在他血液中流淌，整个世界仿佛都属于他了。为什么要痛苦呢？一切都是为了让我们享受的，也能让我们快乐起来。生命之河便是欢愉之河，就让快乐将一切带走吧。鲁迪看着这个年轻姑娘——她像是安妮特，又不是安妮特，更不像那个在格林德沃出现过的精灵，他曾叫它小妖精。山上的这个姑娘如雪一般洁白清新，像一朵盛开的高山蔷薇，动作轻盈得像一个孩子。可她看起来和鲁迪一样，是个凡人。他凝视着姑娘明澈无比的双眸，刹那间，他仿佛窥探到了她的内心，应该怎么描述呢？这一瞬间，不知道他心中充满的是精神的力量还是死亡的力量，不知道他是被送到了高处，还是慢慢沉入了深深的、置人于死地的冰裂缝中。他看到了闪亮的冰墙，它们就像蓝绿色的玻璃，身边布满了深不可测的沟壑，仿佛要将人吞没。潺潺水声如铃音般悦耳，颗颗水滴如珍珠般清亮，闪烁着淡蓝色的火焰般的光芒。冰姑娘吻了他一下，这个吻带来一股寒气，从他的脖子处传开去，他痛苦地叫起来，跟跟跄跄地摆脱了她。他闭上双眼，眼前一片漆黑，不过，很快他又睁开了眼睛。邪恶的精灵一直在对他施展魔法。

阿尔卑斯山上的姑娘消失了，低矮的小屋也消失了，山泉顺着裸露的石壁流淌着，四周白雪堆积。鲁迪冷得直打战，他浑身都湿透了，他的戒指——那枚巴蓓特送给他的订婚戒指也不见了。他的枪就在不远处的雪地上，他拾起它，想开一枪。可是，枪没有响。低垂的乌云团团包围着他，如同山谷上的积雪。掌管眩晕的精灵就在那儿，等待着这浑身无力的牺牲品。深渊下面，响起一阵声音，好像是一块山石落了下来，摧毁了阻挡它坠落的一切东西。

远方的磨坊里，巴蓓特还在家里哭泣。鲁迪已经六天没来了——是他犯了错，应该来求她原谅。要知道，她是全心全意爱着他的。

在磨坊里

"这些人可真奇怪！"客厅里的猫对厨房里的猫说，"就是巴蓓特和鲁迪两个，他们现在又分开了。巴蓓特哭个不停，而鲁迪呢——我猜，他心里已经不再想着她了。"

"我可不这么认为。"厨房里的猫说。

"我也是，"客厅里的猫说，"不过，我也没把这事放在心上，巴蓓特可以和黄胡子的英国人订婚。可是，自从他想爬上屋顶的那晚后，他就再也没有来过了。"

邪恶的精灵对我们里里外外都施展了魔法——鲁迪已经感受到了，也反复思量过了。在山顶，他自己和周围都发生了什么事情？他看到的是精灵，还是由于高烧产生的幻觉？到目前为止，他还没有发过烧，也没被其他病痛折磨过。可是，鲁迪在责备巴蓓特的同时，内心也在自我反省。他追溯着心中曾掀起的那阵狂野之风，那让他内心愤怒不已的炽热烈风。他能对巴蓓特忏悔自己的所有想法吗？正是那些想法在诱惑之下变成了行动。他弄丢了她给他的订婚戒指，这样的过错使得她再次赢得了他。她会向他忏悔吗？一想到她，鲁迪体会到阵阵心碎的感觉，心头涌起无数的回忆。他看见了她，仿佛她就活生生地站在自己面前，笑得像一个任性的孩子。她从前说过的许许多多甜蜜真挚的话语如同阳光一般，照进了他的心田，因此，当他想到巴蓓特，心中便只有她洒下的缕缕阳光。

是的，她会向他忏悔，她应该这样做。于是，鲁迪去了磨坊。她的忏悔以一个吻开始，最后却以鲁迪承认自己的过失而告终。他犯下的最大的错误便是怀疑巴蓓特的忠诚——这一点真是可恨。这种不信任，这种轻率的愤怒，可能会给他们两人都带来痛苦。没错，事实的确如此。于是，巴蓓特稍微训诫了鲁迪一番，这让她感到非常满足。当然，哪怕是她的训诫，对鲁迪来说也是优雅迷人的。不过，有一点她赞同鲁迪的看法：教母的侄子是个十足的傻瓜。她要把他送的书烧掉，不愿留下一点点能勾起回忆的东西。

"误会都烟消云散了，"客厅里的猫说，"鲁迪又回来了。能互相理解是最大的快乐，他们两人这么说。"

"我昨晚听到老鼠说，"厨房里的猫说，"最大的幸福是吃到油脂蜡烛，再饱餐一顿腐臭的培根。现在你叫我听谁的，是听老鼠的还是听那对情人的？"

"谁的话都别听，"客厅里的猫说，"这才是最稳妥的办法。"

鲁迪和巴蓓特的幸福，他们所说的最美的日子——他们的婚礼，就快要到了。

不过，婚礼既不在贝克斯的教堂举行，也不在磨坊进行。巴蓓特的教母希望教女能从她的住处出嫁，仪式就在蒙特勒一个美丽的小教堂里举行。在这一点上，磨坊主坚持遵从教母的安排。只有他知道这位英国夫人出于好意要给教女的结婚礼物是什么，这礼物值得他们对教母表示这样的敬意。日期定好了，就在婚礼前一天晚上，他们到达维伦纽夫，这样，第二天一早他们就可以前往蒙特勒，教母的两位女儿好为新娘装扮。

"我猜在磨坊还是会举行一场婚宴的，"客厅里的猫说，"要是没有，那我对这桩婚事可是一声喵都不想叫了。"

"肯定会有婚宴的，"厨房里的猫说，"鸡鸭都宰好了，墙上还挂了一头整鹿。一想到这儿，我就忍不住口水直流。他们明天就动身了。"

是的，明天。这天晚上，鲁迪和巴蓓特最后一次作为未婚夫妻坐在磨坊主家中。

外面，夕阳的余晖照耀着阿尔卑斯山，晚钟响起，太阳的女儿们在唱："让最美好的到来吧。"

夜晚的幻境

太阳落下去了，罗纳河谷的高山间低垂着朵朵白云。风从南方吹来，这是一阵来自非洲大陆的风，它吹过了高高的阿尔卑斯山。这阵旋风将云朵撕成碎片。风过后，一切有了片刻宁静。被撕裂的云朵奇形怪状，在山林覆盖的高山和奔腾的罗纳河上空飘荡。有的云像远古时代的海怪，有的像空中翱翔的老鹰，有的像沼泽中蹦跳的青蛙，它们一起朝奔涌的溪流飘去，悬在山溪上空。溪流裹挟着一棵被连根拔起的松树，前方的水面上是一个个冒着水泡的漩涡。它们都是掌管眩晕的精灵，在湍急的溪流中打着旋儿。月光照亮了山顶的积雪，照亮了幽暗的树林，照亮了奇美的白云——这是夜晚的幻景，是大自然力量的精灵。居住在深山的人们透过窗户看到了这些精灵。它们成群结队地在冰姑娘前面行进，冰姑娘从她的宫殿中出来，坐在摇摇晃晃的船上——那棵水中的松树，冰川融水，带着她顺流而下，朝大海奔去。

"参加婚礼的客人来了！"冰姑娘说，她将这个消息传递给了空气和流水。

这样的幻景走了，又出现了别的幻景。巴蓓特正做着一个美梦。

朦胧中，她仿佛已经嫁给鲁迪，和他做了多年夫妻。鲁迪外出捕猎岩羚羊去了，她却待在家里。那位年轻的英国人坐在她身边，他还留着黄胡子。他的眼神从未如此打动人心，他的话语中充满了神奇的力量，当他对着她伸出手时，她只得跟随他而去。他们一起离开了她的家，不停向前走着。每走一步，巴蓓特都感觉心头压着的东西越来越沉重，那是她对上帝和鲁迪犯下的罪行。突然，她被抛弃了，一个人站在那里，荆棘划破了她的衣裙，她的头发变成了灰色。在痛苦中，她抬头望着天空，看到鲁迪站在岩石边缘。她朝他伸出手去，却不敢呼唤他，哀求他来救自己。事实上，这样做也无济于事，因为她很快便看出那不是鲁迪，只是他打猎时穿戴的外套和帽子。它们

171

就挂在登山杖上面，猎手们常常用这种方式来迷惑岩羚羊。在痛苦的深渊中，巴蓓特呻吟道："天哪，但愿我就在婚礼那天死去，就在我一生中最幸福的日子里死去！这对我是一种恩赐，是最大的幸福！这样对大家都最好！对我和鲁迪都是最好的结局，因为没有人知道未来会是怎样的！"

出于被上帝抛弃的绝望，她跳入了深渊。仿佛有根琴弦断了，一个令人哀伤的音符在群山中回荡！

巴蓓特醒了，梦境消失，不再出现在她的脑海里。可是，她知道自己做了一个可怕的梦，是与年轻的英国人有关的。她已经好几个月没有见到他了，也压根没有想起过他。他会出现在蒙特勒吗？她会在婚礼上见到他吗？她小巧的嘴上掠过一丝阴影，她的眉毛微微一皱。不过，她的脸上很快便露出了微笑，眼里满是欢快的光芒，因为外面阳光明媚，已经是清晨了。她就要嫁给鲁迪了。

巴蓓特走进起居室，鲁迪已经坐在里面了，他们动身前往维伦纽夫。两个人心花怒放，磨坊主也和他们一样快乐，一路上都在开怀大笑。他是一个心胸开阔的父亲，一个诚实之人。

"现在我们成了屋子的主人了！"客厅里的猫说道。

结　局

三个幸福之人到达了维伦纽夫，用了餐。天色还不晚，因此，磨坊主便坐在扶手椅上，抽着烟斗，打一会儿盹儿。未婚夫妇两个手挽着手走到城外，沿着绿荫覆盖的山岩下的道路往前走，在绿莹莹的深湖边散步。清澈的湖水倒映着阴郁的锡雍的灰色墙壁和高塔。那座长着三棵金合欢树的小岛仿佛近在眼前，它就像插在湖中的一束鲜花。

"小岛一定很美！"巴蓓特说。

她很想上岛看看。这个愿望可以马上实现，因为湖边就停着一艘小船，拴住它的缆绳很容易就解开了。他们没有看到船的主人，也就无法征得他的同意。于是，他们没有和谁客套一番，便上了船——鲁迪可是划船好手。

船桨像鱼鳍一样在柔和的水流中划动，湖水虽然平静却也十分强大，它仿佛有能背负重荷的脊背，还有一张能吞噬一切的大嘴。这张嘴能对人微笑，像一幅温柔的图画，但它也会变得狰狞，能摧毁一切。小船在湖面留下一道道水波。没过多久，小船便载着两人来到小岛。他们上了岸。小岛不大，只容得下两个人在此跳舞。

鲁迪带着巴蓓特在岛上跳了几圈舞，随后便坐了下来。他们手拉着手坐在金合欢树低垂的枝条下面，凝视着对方。落日的余晖照亮了整个世界，群山上的松树林沐浴在浅紫色的微光中，如盛开的石楠。树木稀疏，岩石裸露的地方闪闪发光，仿佛变成了透明的一般。天空中的晚霞红得如燃烧的火焰，整个湖面如同一片鲜嫩红润的玫瑰花瓣。慢慢地，暮色爬上了萨伏伊白雪皑皑的群山，将群山染成黛色，不过，最高的山峰仍然像在喷发的火山一样闪着红光，仿佛在重现群山最初的历史。那时，大片大片的岩浆从地底喷涌而出，还未冷却。鲁迪和巴蓓特说，他们从未见过如此美丽的阿尔卑斯山日落景色。白雪覆盖的密迪齿峰笼罩在一团光晕中，就像是刚刚露出地平线的一轮满月。

"太美了！我们真幸福啊！"两人都感叹道。

"大地赐给我们的不会比这更多了，"鲁迪说，"这样的一个晚上仿佛就是一生！多少次我感到自己像现在一样幸福，我曾想：'要是生命就此终结，我会感到多么幸福啊！这个世界多么美好啊！'这样的一天结束了，新的一天又开始了，对我来说，新的一天会更加美好！上帝是无比仁慈的，巴蓓特！"

"我由衷地感到快乐！"她说。

"大地赐给我们的不会比这更多了。"鲁迪说。

晚钟在萨伏伊的高山和瑞士的群山间响起，西边黯黑的侏罗山脉此时也戴上了一圈金色的光环。

"愿上帝赐给你最幸福、最美好的一切！"巴蓓特喃喃说。

"当然会，"鲁迪回答道，"明天我就能拥有这一切。明天你就完全属于我了，我最可爱的妻子！"

"船！"巴蓓特突然叫起来。

那艘要载他们回去的小船的缆绳松开了，已经漂离了小岛。

"我去把它追回来。"鲁迪说。

他脱下外衣，解开鞋子，跳入湖水中，拼命朝小船游去。

湖水是寒冷的冰川融水，幽深碧蓝，清可见底。鲁迪朝湖底望了一眼，就在一瞥之下，他好像看到了一只金戒指在滚动，闪闪发光。他想那便是自己的订婚戒指——戒指仿佛越变越大，变成了一个闪烁的光环，光环中是晶莹透亮的冰川，四周是无尽的深渊。水珠滴滴答答作响，就像时钟走动的声音，闪耀着银色的光焰。刹那间，鲁迪看到了要用许多文字才能描述清楚的一切：许多年轻猎人和少女，还有男人和女人，他们是在不同时间掉进冰川间的裂缝中的，现在都活生生地立在水中，嘴角还带着微笑，他们身子下面是一些沉没的城市，还能听到城里教堂传出的钟声。教徒们聚集在教堂的圆顶下，一根根冰锥便是教堂的管风琴。这些城市的下面，便是冰姑娘的居处，她就坐在清澈透明的冰底。这时，冰姑娘朝鲁迪走来，亲吻着他的双脚，一阵冰凉的死亡般的麻木感——那是冰与火构成的电流，传遍了鲁迪的全身，在这一瞬间，难以区别冰与火的不同。

"我的！我的！"鲁迪的身边和脚下都回荡着这样的声音，"你还是个小孩子的时候，我就吻过你，吻过你的唇。现在我再吻了你的脚，你的一切都属于我了！"

鲁迪消失在了清澈碧蓝的水中。

一切都安静了下来，教堂的钟声停止了，最后的一点回声也随着丝丝晚霞消逝而去。

"你是我的！"湖水深处传来这样的声音，"你是我的！"

高处传来了这样的声音，无垠的宇宙也传来了这样的声音。

多么辉煌啊！从一种爱飞向另一种爱，从人间飞向天堂！

一根琴弦断了，发出一声哀鸣。死神冰冷的吻带走了濒死之人。人生之剧尚未开始，却已终结在序曲。嘈杂声融入和声之中。

你要把这叫作一个悲伤的故事吗？

可怜的巴蓓特，她的痛苦难以描述。小船越漂越远，岸上没有人知道这对未婚夫妇到了这个小岛上来。太阳西沉，夜色渐浓，她独自一人站在岛上，绝望地哭泣着。这时，风暴来临，阵阵闪电照亮了侏罗山，照亮了萨伏伊和瑞士。一道接一道的闪电在她身旁亮起，随之而来的滚滚雷声不绝于耳。有时闪电将大地照得亮如白昼，让人能像在白天一样看清每一株葡萄藤，可周围又会立刻陷入无尽的黑暗。闪电的形状如叉子，如圆环，如起伏的波浪，它们朝湖中刺入，在湖边四处闪耀，隆隆的雷声和它们的回声响彻大地。岸上的人们都把船缆系在岸边，一切生灵都忙着找藏身之地。倾盆大雨落了下来。

"外面狂风暴雨的，鲁迪和巴蓓特跑到哪里去了？"磨坊主问道。

巴蓓特抱着双臂坐在岛上，她的头垂在双膝上。她悲痛欲绝，说不出一句话，发不出一声叹息，也流不出一滴眼泪了。

"他在深深的水里！"她的脑子里只有一个念头，"他就在湖底，就象在冰川下面一样。"

她回忆起了鲁迪讲过的故事：他母亲是怎么死的；他又是怎么得救的——人们将他从冰川深处救起，他死里逃生。

"冰姑娘再次夺走了他！"

一道闪电亮起，就如同照在雪地上的阳光一样。巴蓓特跳了起来，整个湖面在这瞬间仿佛变成了一块闪亮的冰川。冰姑娘就坐在上面，威严无比。淡蓝色的光照着她，她的脚下躺着鲁迪的尸体。

"我的！"她喊着。

顷刻间，四周又陷入黑暗，大雨依然下个不停。

"太残酷了！"巴蓓特哀叹着，"他为什么要在幸福即将降临我们身边的时候死去？上帝啊，请指点我吧！请把您的光照进我的心房！我不能理解您的旨意，我在黑暗中摸索，请您赐给我力量和智慧吧！"

上帝赐给了她所祈求的光，一个念头、一道光让她想起了昨夜做的噩梦。现在噩梦变成了现实，她回忆起那些话，那些她许下的愿望，有关她和鲁迪的"最美好的一切"。

"我多么可怜啊！是我内心中藏着罪恶的种子吗？难道我的梦境便是我未来的生活吗？难道只有我生命的琴弦断掉后，我才能得到拯救吗？我是多么悲惨啊！"

黑夜中，巴蓓特呆坐着，哀伤浸透了她的心。在这无边的黑暗中，她的耳边回响着鲁迪的话，他最后讲的那些话："大地赐给我们的不会比这更多了！"鲁迪是在最幸福的时刻说出这番话的，现在，它们在最深刻的痛苦中回响着。

从那以后，许多年过去了。湖水在微笑，湖岸也在微笑，葡萄藤上结着一串串果实，汽船从湖面开过，船上飘着旗帜。游轮张开所有风帆，在如镜的湖面上游过，如同美丽的白蝶。经过锡雍的铁路已经通行，铁轨一直伸向罗纳河谷深处。每个车站上都有来自异域的游客，他们手里拿着红色封面的旅游指南，在这本书上能读到游客要去的每一处景点。他们参观了锡雍，还看到了长着三棵金合欢树的小岛。在旅游指南上，他们读到了那对未婚夫妇的故事：在1856年的那个夜晚，两人划船来到小岛，新郎溺水而亡，直到第二天早晨，岸上的人们才听到了新娘绝望的求救声。

不过，旅游指南上面丝毫没有提到巴蓓特在父亲的家中平静地度过了余生，不是在磨坊那里——因为那里成了别人的家，而是在火车站附近的一所漂亮房子里。许多个夜晚，她从这所房子的窗户望出去，目光越过了栗子树林，看到了鲁迪曾走过的那些雪山。晚上，她看到了阿尔卑斯山的光辉——太阳的孩子们就住在那高高的群山上，他们在反复吟唱着一首歌："旋风吹掉了漫游者的斗篷，风带走了衣服，却带不走人。"

雪山闪耀着玫瑰色的光芒，这样的光辉也在每个人心中闪耀。"上帝会为我们做出最好的安排。"不过，我们不完全知晓上帝做出这种安排的原因。上帝不会像在巴蓓特梦中那样，对所有人都解释清楚。